覇君 패군

설봉 新무협 판타지 소설

FANTASTIC ORIENTAL HEROES

패군 21

설봉 新무협 판타지 소설

초판 1쇄 찍은 날 § 2011년 1월 14일
초판 1쇄 펴낸 날 § 2011년 1월 21일

지은이 § 설봉
펴낸이 § 서경석

편집책임 § 주소영
편집 § 어정원

펴낸곳 § 도서출판 청어람
등록번호 § 제1081-1-89호
등록일자 § 1999. 5. 31
어람번호 § 제2-2036호

주소 § 경기도 부천시 원미구 심곡2동 163-2 서경B/D 3F (우) 420-822
전화 § 032-656-4452 팩스 § 032-656-4453
http://www.chungeoram.com
E-mail § chungeoram@chungeoram.com

ISBN 978-89-251-2412-4 04810
ISBN 978-89-251-1840-6 (세트)

FANTASTIC ORIENTAL HEROES
설봉 新무협 판타지 소설
霸月村
패군
21
번과래(翻過來)
청어람

目次

제141장 잔맥(殘脈)   7

제142장 침어(侵魚)   57

제143장 배신(背信)   101

제144장 최강비무(最强比武)   147

제145장 심투(心鬪)   191

제146장 지투(知鬪)   233

제147장 다단(多端)   269

第百四十一章
잔맥(殘脈)

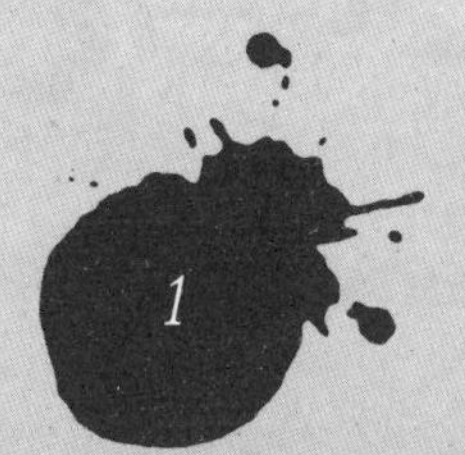

화산파는 종남산에 들어온 이후, 큰 동굴 속에서 여독을 풀었다.

불편함은 없었다.

도인들은 편안함을 버리는 데 익숙하다. 따뜻한 침상과 맛있는 음식은 버린 지 오래다. 솔잎을 씹으며 돌 위에서 잠이 드는 경우가 다반사다.

그런 생활을 하는 사람들에게 큰 동굴 속에서 편히 지내는 것이 불편할 리 없다.

그들은 동굴에서 사는 박쥐처럼 동굴의 일부가 되어갔다.

그러다가 눈을 떴다.

번쩍!

이백여 명의 무인들이 일제히 눈을 떴다.

"왔구나."

"……."

대답은 없다. 모두들 입이 없는 사람들처럼 다음 명령을 기다릴 뿐이다.

"단차…… 으흠!"

광진자가 신음을 토해냈다.

단차를 본 적은 없다. 종남산에 들어와서도 보지 못했다. 말은 많이 들었지만 실제 무위(武威)도 모른다.

이제 지청술(地聽術)을 통해서 그를 처음 만났다.

지청술은 누군가가 다가온다는 사실만 자각시켜 준다.

몇 명이 어느 방향에서 오는구나. 거리는 어느 정도나 떨어져 있고, 달려오는 속도는 어느 정도이고…… 이렇게 오고 가는 자들의 행동만 설명해 준다.

이것이 지청술을 통해서 얻을 수 있는 효과의 전부다.

한데 그의 지청술이 진일보한 것일까? 그는 예전에는 한 번도 겪어보지 못한 느낌을 감지했다.

땅의 울림을 통해서 그의 내력이 감지된다.

그가 신음을 토해낼 만큼 위험하다.

'오행검진 스무 개, 화산도 이백……'

어찌 된 일인지 그의 머릿속에 한 폭의 혈화(血畵)가 그려진다.

아직 상대를 본 것도 아닌데 혈해(血海) 속에 누워 있는 화산

문도들의 모습이 보인다.

광진자는 그것만으로도 숨이 막힌 듯 입술을 잘끈 깨물었다.

'엎질러진 물!'

광진자는 어금니를 지그시 깨물었다.

단차가 아무리 위험한 인물이라고 해도 막지 않을 수 없다.

이건 화산파의 생존이 걸린 문제다.

화산파에 침입하여 제삼장로를 척살한 자를 징치하지 못한다면…… 흉수가 누구인지 알면서도 손 놓고 지켜보기만 한다면…… 그날부로 화산파의 명예는 땅에 떨어진다.

명문정파 무인들은 명예를 먹고산다.

그들에게서 명예를 빼앗는다는 것은 사형선고나 다름없다.

무림 동도가 경멸스런 눈초리로 화산파를 쳐다본다면 사조(師祖)를 대할 면목이 없어진다.

"준비들 해라."

스읏! 스읏……!

눈을 뜬 무인들이 검을 들고 일어섰다.

쾌활하게 일어서는 자가 있고, 암울한 눈빛으로 착잡함을 고스란히 드러내며 일어서는 자가 있다.

단차를 감지해 낸 자와 감지하지 못한 자의 차이다.

하나 그들 모두 단차를 향해 검을 겨눠야 한다는 사실만은 변하지 않는다.

오행검진 열아홉 개가 십자형(十字形)으로 세워졌다.

가로 열 줄, 세로 열 줄…… 중점(中點)에 위치한 오행검진은 가로와 세로를 연결한다.

스무 개의 오행검진 중 나머지 하나가 중점 아래 위치하여 만일의 사태에 대비한다.

이로써 백 명의 검수가 자리를 잡았다.

“어떻게 보는가?”

광진자는 주위에 늘어서 있는 청년 검수 이십여 명에게 물었다.

“약합니다.”

그들 중 한 명이 망설임없이 대답했다.

“너는 저 진을 뚫을 수 있는가?”

“어림도 없습니다. 제가 향후 일 갑자(一甲子)를 수련한다고 해도 저 진을 뚫기란 불가능합니다.”

“그런데 어림없다고 하는가?”

“……”

검수는 말을 잃었다.

광진자는 다른 검수에게 말했다.

“아직 배치되지 않은 제자들이 있는데, 어디에 어떤 식으로 배치하면 좋겠는고?”

“물렸으면 합니다.”

“물린다?”

“지금 저들은 최강입니다. 화산파가 내세울 수 있는 전력 중에 저만한 전력은 없습니다. 저들이 무너진다면 나머지는 추풍낙엽(秋風落葉), 괜히 희생만 커집니다."

"저들이 화산파가 내세울 수 있는 최강의 전력이라고 했는가?"

"네."

"다시 한 번 물음세. 그 말에 책임질 수 있는가?"

"네."

검수는 한 치의 망설임도 없이 대답했다.

"최강의 전력은 여기에도 있네. 장로 세 명과 매화검수 이십 명이라면 화산파의 절반인데…… 우리가 합격(合擊)하면 그것도 상당한 전력……. 어떤고?"

"저 진의 절반은 부술 수 있을 겁니다."

"절반이라……. 하면 패한다는 말이군."

"그렇습니다."

청년 검수는 결과를 보기라도 한 듯 딱 부러지게 말했다.

매화검수들이 보는 눈은 틀림없다.

화산파는 무림에 알려지지 않은 절진을 내놨다.

오행검진 스무 개가 십자형을 이루며 쳐나간다.

상대가 다수일 경우에는 십자 끝이 칼날이 되어 돌아간다.

오행검진 다섯 개가 일시에 상대에게 부딪치고, 또 부딪치고, 또 부딪치고…… 숨 돌릴 틈을 주지 않고 몰아친다.

오행검진만 상대하기에도 벅찬 판인데 연이어, 그것도 다섯 개씩 일시에 상대한다는 건 불가능하다.

상대가 한두 명에 불과하지만 절대고수일 경우에는 다른 공격법을 구사한다.

십자 진형이 일로 직진한다.

제일 첫 번째 오행검진이 부딪친 후 왼쪽으로 빠져나간다. 그다음 진형은 앞 진형을 쫓아서 틈을 주지 않고 부딪친다. 그리고 오른쪽으로 빠져나간다.

이렇게 왼쪽, 오른쪽, 왼쪽, 오른쪽 좌우로 두 번의 부딪침이 있고 나면 중점과 맞닥뜨린다. 이때 좌우로 물러났던 네 개의 진형은 오행의 형태로 늘어서게 된다.

오행검진으로 이루어진 큰 오행검진이 형성된다.

이제 십자형의 칼날 하나를 썼다.

나머지 열다섯 개의 오행검진은 밖에서 반오행검진을 펼친다.

오행검진을 파해하고 튀어나오는 적은 반오행검진에 떠밀려 다시 안으로 물러서게 된다.

어떤 고수든 탈출할 수 없다.

오행검수 백 명을 일시에 죽일 만한 무공이 없는 한, 파해도 불가능하다.

화산파가 삼십 년이라는 긴 시간에 걸쳐서 온갖 시행착오 끝에 만들어낸 절진이다.

일명 십자오행진(十字五行陣)!

화산 문도들은 십자오행진이 소림사의 백팔나한진(百八羅漢陣)이나 개방의 대타구진(大打狗陣)과 견주어서 전혀 뒤떨어지지 않는 절진이라고 자부한다.

십자오행진은 분명히 화산파가 내세울 수 있는 최강의 전력이다.

광진자가 옅은 미소를 흘리며 말했다.

"잘들 듣게. 화산파에는 십자오행진보다 더 강한 전력이 있네. 그것도 두 개나."

"……?"

"그것이 뭔지 찾아야 할 게야. 참고로 말하자면 저 십자오행진이 탄생하는 날, 장문인께서 말씀하셨다네. 이로써 우리 화산에 세 번째 무기가 갖춰졌다."

"세…… 번째 무기!"

"허허허! 고민들 해보게."

광진자가 곁에 서 있던 장로들을 쳐다봤다.

"십자오행진에 덮개를 씌우게."

"덮개…… 입니까?"

"저들의 희생이 십자오행진을 한층 강화시켜 줄 게야."

"아무리 그래도……."

"하시게."

"알겠습니다."

세 장로가 읍을 하고 물러났다.

현진자(玄眞子), 무진자(無眞子), 풍진자(風眞子)!
죽은 청진자와는 사형제 간이다.

그들은 모두 무오자(無傲子)에게서 가르침을 받았다.

도법(道法), 무공, 인성…… 모든 것을 때로는 경쟁하고 때로는 서로 다독거리며 살아왔다.

세월은 많은 사람을 떠나보낸다.

입문할 때는 삼백, 사백여 명에 이르던 동문들이 세월이 지나면서 한 명, 두 명 제 갈 길로 떠난다.

일부는 죽는다. 아니, 많은 사람이 죽는다. 지금처럼 단차 같은 자라도 나타나면 절반 이상이 죽어간다.

일부는 환속한다.

도인의 길은 힘들고 외롭다. 평생을 자신과의 싸움으로 보내야 하는 고행의 길이다.

그 길을 끝까지 가는 사람도 드물다.

결국 나이가 들어서 장로라는 위치에 올라서고 보면 남아 있는 동문이 몇 명 되지 않는다.

무오자의 후인은 다섯 명이 남았다. 그리고 그중의 한 명이 암습에 목숨을 잃었다.

그들은 화산파에 남아 있을 수 없었다.

단차는 개방의 타구진을 깨뜨렸다. 수많은 걸개를 피바다 속에 뉘었다.

화산파도 그런 꼴을 당할 게다.

분명히 이 자리에 있던 사람들 중의 상당수가 내일 아침 햇살을 보지 못할 것이다.

단차는 어떠한 상상도 능가하는 자이다.

자신들이 어떤 상황을 생각하든 그것보다 훨씬 지독한 상황을 연출해 낼 자이다.

지청술을 통해 전해져 온 단차의 기운은 자신들이 건드릴 수 없는 것이었다. 자신들이 단 일인에게 쫓긴다는 게 말도 안 된다는 걸 알지만 이건…… 그를 포위, 협공하는 것이 아니라 그의 손에서 벗어날 수 있기를 기원해야 할 판이다.

"너희들은 내 뒤를 따라라."

현진자가 삼 대로 나눠진 화산파 무인들 중 일 대를 이끌었다.

"너희는 나랑 가자."

무진자도 일 대를 이끌고 십자오행진의 우측으로 들어섰다.

풍진자는 고개만 까딱거렸다.

세 명의 화산 장로는 여든 명을 이끌고 십자오행진의 앞과 좌우를 맡았다.

그들의 역할은 방패다.

공격해 오는 창칼을 몸으로 막아선다.

십자오행진이 공격에 나설 때는 방해가 되지 않도록 비켜선다.

십자오행진은 한결 강해지겠지만 여든 명의 목숨은 바람 앞의 촛불이 되었다.

휘이이잉!

겨울 찬바람이 종남산 산기슭을 휩쓸고 지나갔다.

'온다!'

가장 앞에 서 있던 풍진자가 제일 먼저 단차의 존재를 감지해 냈다.

척!

들고 있던 불진(拂塵)을 옆으로 쳐들었다.

발진(發陣)!

촤촤악! 촤촤촤악!

화산파 무인들이 일제히 검을 들어 올렸다.

이 순간, 그들의 머릿속에는 수많은 생각들이 스쳐 지나고 있으리라. 못 이룬 염원들이 주마등처럼 지나가며 회한의 덩어리가 되고 있으리라.

아니면 아무 생각을 하지 않을 수도 있다.

단차가 오고 있다. 싸운다. 죽기를 각오하고 싸운다. 타구진을 깨뜨린 놈이니…… 많은 문도가 죽겠지만 그래도 끝까지 싸워서 화산파의 명예를 드높이리라.

결사의 각오를 다지기도 한다.

어떤 마음으로 검을 들었든 그들의 눈빛은 투지로 번들거렸다.

저벅! 저벅!

발자국 소리가 들린다. 시커먼 형체도 드러났다.

'단차!'

그들은 자신이 펼칠 검법을 생각했다.

육합검법(六合劍法), 매화삼십육신검형(梅花三十六神劍形),

옥녀소심검법(玉女素心劍法), 백팔식광풍쾌검(百八式狂風快劍),
구궁검법(九宮劍法)…… 등등.

화산파에서 수련한 모든 검법이 머릿속에서 명멸되었다.

십자오행검진을 펼친 무인들은 선택의 여지가 없다.

진형에 따라서 정해진 초식을, 정해진 수순에 따라서, 진형
의 변화를 쫓아서 펼치면 된다.

단차가 어떤 식으로 반격하든 자신의 길을 고집한다.

반면에 덮개 역할을 하는 무인들에게는 정해진 것이 없다.
그들은 자신들이 알아서 가장 자신있는 절초를 펼쳐야 한다.

'이것이 마지막…… 정말 마지막이 될 수 있으니 후회없도
록…… 이만하면 평생 배운 것을 다 썼다고 생각할 초식
을……'

검을 잡은 손에 힘이 꽉 들어갔다.

'싸울 생각이 없다!'

제일 먼저 풍진자의 머릿속을 후빈 생각이다.

단차는 싸울 의사가 없다. 두 팔, 두 다리…… 어디에서도
싸움의 의지가 읽혀지지 않는다.

그는 옆 동네 마실 온 사람처럼 뒷짐을 진 채 천천히 걸어온
다.

'무기(無氣)! 기를 완전히 죽였다!'

무기? 무기라고 생각해도 되나?

풍진자는 자신이 생각하고도 자신의 생각을 확신하지 못

했다.

단차가 사용하는 것은 무공이 아니라 의살이다. 기운을 건드리는 것이 아니라…… 신의 세계에서, 신의 위치에서 자신만의 세계를 그려낸다.

그런 경지가 어떤 것인지는 풍진자도 알지 못한다.

의살이라는 세계는 정통 무인들에게는 그야말로 뜬구름 잡는 식이어서 권장할 만한 것이 아니다.

그런 것보다는 확실히 눈에 보이고, 느낄 수 있고, 현실로 실현해 낼 수 있는 무공을 권장한다.

단차는 몸 밖으로 표출되는 외기(外氣)를 완전히 죽인 상태다.

풍진자가 무공의 관점에서 보기에는 그렇다. 그리고 이런 정도는 풍진자 자신도 펼칠 수 있다.

쒜엑!

신행백변(神行百變)을 펼쳐 한달음에 마주쳐 나갔다.

허공에서 번뜩! 번뜩! 신형이 수십 번의 변화를 일으키며 괴이한 궤적을 그려낸다.

파앗!

자하신공(紫霞神功)이 운기되었고, 육합검법이 펼쳐졌다.

공격이 성공하리라고는 생각하지 않는다.

개방의 타구진을 궤멸시킨 자이니 자신의 공격쯤은 간단하게 피해내리라. 아마도 즉각 반격을 가해올 것이고, 죽음을 피하기는 어려울 것이다.

그럼에도 불구하고 그가 먼저 부딪쳐 간 것은 문도들에게
주는 마지막 선물이다.

상대가 이런 놈이다. 하니 알아서 잘 싸워라.

쒜엑!

역시 짐작대로 육합검법은 놈의 옷자락도 건드리지 못했다.

놈이 슬쩍 몸을 틀어 피했다. 세상에!

신행백번에 자하신공에 육합검법까지…… 화산파의 독문절
학을 아낌없이 섞었다. 자신의 육십 년 적공(積功)을 모두 쏟아
부었다. 한데 놈은 몸을 살짝 트는 간단한 동작만으로 일격을
무산시켰다.

'아!'

풍진자는 탄식했다.

일격이 빗나가는 것은 상관없다. 이격, 삼격으로 이어지면
된다. 그러나…… 놈은 일격을 피하면서 아주 유리한 위치를
차지했다. 너무 유리해서 손만 뻗으면 심장을 움켜쥘 수 있다.

스읏!

순식간에 일합을 교환한 두 사람이 엇갈려 지나갔다.

"휴우!"

풍진자는 자신도 모르게 한숨부터 쏟아냈다.

먼저 살았다는 안도의 한숨이 쏟아져 나왔고, 곧이어 놈이
왜 살수를 펼치지 않았을까 하는 의문이 고개를 쳐들었다.

그는 황급히 뒤돌아섰다.

놈의 반격을 예상하면서 검법을 신속 무비한 탈명연환검(奪

命連環劍)으로 바꿨다.

휘이잉!

그가 노린 곳에 찬바람이 쓸고 지나간다.

단차는 뒷짐을 진 채 사 장 밖으로 걸어가고 있다.

'싸울 생각이 없어!'

그는 또 한 번 무기를 느꼈다.

단차는 화산파와 싸울 생각이 없다. 그저 갈 길만 간다. 묵묵히…… 공격해 오는 자들을 비켜서 가고 싶은 길을 간다.

무인이여! 어디로 가는가?

글쎄? 그저 발길 닿는 대로 걷고 있소만…….

풍진자는 단차에게서 황혼의 평화를 보았다.

하루 일과를 마무리 짓고 집으로 돌아와서 손발 깨끗이 씻고 툇마루에 앉는 농부의 모습과 다를 바 없었다.

"도(道)…… 경(境)……."

그는 자신도 모르게 중얼거렸다.

도력이 하늘에 미쳐 신선(神仙)이 되면 인세(人世)를 벗어나 신선경(神仙境)에 머문다.

인세와 신선경의 구분은 어디에 있는가.

정확하게 여기서부터 인세이고 여기서부터 신선경이라고 구분해 놓은 것은 없다.

눈으로 확인할 수 있는 실질적인 경계도 아니다.

하지만 분명히 존재한다. 때가 되면 알 수 있다.

오직 자신 속에 천신(天神)을 품은 자만이 감지할 수 있다.

깨달은 자의 눈에는 뚜렷하게 보이지만, 깨닫지 못한 자는 눈앞에 들이밀어도 알아보지 못한다.

느낌으로 알 수 있는 단계…… 그것이 도경이다.

단차는 도경의 경계에 들어선 것 같다. 그렇지 않고서야…… 이걸…… 이런 현상을…… 이런 어처구니없는 일을 사술이나 마공이란 식으로 설명할 수 있을까?

그는 재차 공격하지 못하고 검을 내려놓았다.

단차는 평화로운 자다. 할 일을 마치고 이제 그만 쉬러 들어가는 자다.

그런 자를 공격할 수는 없다.

왜 그런 생각이 들었는지 모르겠다. 죽은 청진자를 잊은 것도 아니다. 화산파 무인들이 벌 떼처럼 달려드는 모습도 본다. 그런데도 자신은 검을 내리고 있다.

사술인가, 마공인가! 아니면 도경인가!

"아!"

풍진자는 깊게 탄식했다.

십자오행진의 경계가 무너졌다.

싸울 의사가 없는 자들에게는 아무리 절묘한 진법을 떠안겨 주어도 소용이 없다.

화산파는 단차에게 길을 내주었다.

그가 십자오행진의 한복판을 뚫고 지나가는 동안 살검을 쏘아내지 못했다.

철천지 원한을 품고 먼 길을 한달음에 달려온 사람들이 넋 잃은 사람처럼 물러섰다.

단순히 사술이라고 몰아세울 수는 없는 상황이다.

먼저 세 명의 장로가 검을 들지 못했다.

풍진자에 이어서 현진자와 무진자도 검을 들고 각을 세웠다. 일 초 공격도 시도했다. 하나 그다음부터 그들은 아예 공격할 마음을 접어버렸다.

다른 무인들도 마찬가지다.

기도가 약한 자는 아예 처음부터 검을 들지 못했다. 검초를 전개하려고 주춤거리다가 슬그머니 다시 내려놓았다.

그나마 십자오행진이 진형대로 움직이는 듯했지만 얼마 못 가서 망가지는 건 마찬가지였다.

화산파는 무너졌다.

다만 개방의 타구진과 다른 점은 피가 흐르지 않았고, 시신이 널브러지지 않았다는 것뿐이다.

"뭔가……."

"이, 이런 사술이!"

싸움을 지켜보던 매화검수들이 당혹해서 소리쳤다.

"장로님!"

그들은 광진자를 쳐다봤다.

이대로 끝낼 수 없다는 의지가 얼굴에 철철 넘쳐흘렀다.

광진자는 대답하지 않았다. 묵묵히 전장을 쳐다보면서 곤혹스런 표정만 띠었다.

‘저 사람은…… 건드릴 수 없다. 이미 마음으로 세상을 보는 단계…… 천목(天目)을 얻었다…….’

단차가 도인의 길을 걸었다면 승도유(僧道儒) 삼성(三聖) 중의 일인인 무당파의 벽운도인(碧雲道人)과 어깨를 나란히 했으리라.

무공을 말하는 게 아니다. 도력(道力)을 말하는 것이다.

“저희들이 가보겠습니다!”

“이대로 끝낼 수는 없습니다!”

매화검수들이 흥분해서 얼굴을 붉혔다.

광진자는 대답하지 않았다. 이미 결과를 알고 있으니 대답할 필요가 없었다.

확인해 보고 싶은 사람은 해봐라. 마음껏 시험해 봐라.

쉬익! 쒜에엑!

매화검수들이 분분히 날아갔다.

“틀렸어. 이건 도력과 무공의 싸움……. 무공은 이미 인간의 한계를 벗어나 무신(武神)의 단계. 거기에 도력까지 갖췄다면 상대할 수 없는 자라는 뜻…….”

화산파의 어떤 무공도 통하지 않는다.

세 장로가 각기 다른 신법을 구사했다. 전혀 성질이 다른 검법으로 공격했다. 극강에 이른 자하신공을 구사했다.

단차는 살짝 움직이기만 했다.

그를 건드릴 수 있는 무공은 없다. 도력은 차치하고 무공만 놓고 보더라도 화산파는…… 그를 건드릴 수 없다.

더군다나 그는 도력까지 뿜어낸다.

살기를 품은 상대에게 평화를 알려준다. 넉넉한 마음, 편안한 마음을 가르쳐 준다.

광진자는 하늘을 보며 청진자를 그렸다.

"자네 복수는 못해줄 것 같으이."

2

세상이 쥐 죽은 듯 조용하다.

가끔 불어오는 바람 소리만 텅 빈 야공을 찢고 지나간다.

'빠져나갔군.'

이 순간, 자신의 생명을 연장시켜 줄 수 있는 인물이 종남산을 떠나고 있다.

굳이 눈으로 확인해 볼 필요도 없다.

산바람이 불어오는 느낌만으로도 알 수 있다.

입에 붙어서 말끝마다 튀어나오는 욕지거리가 들리지 않는다. 살갗만 살짝 건드려도 당장 살인으로 이어지던 흉포한 성질들도 엿보이지 않는다.

마인들은 순한 양이 되어 이 밤을 보내고 있다.

이런 현상들은 마인들이 만든 게 아니다.

인위적으로는 절대로 이런 평화를 가져올 수 없다. 마인들은 천성적으로 이런 평화를 즐길 줄 모른다.

독술의 명가(名家)가 어디지? 역시 사천당문인가?

사천당문의 누군가가 절곡에 독을 뿌렸다고 치자. 사람을 죽이는 독이 아니라 잠시 행동을 둔화시키고 이지력을 마비시키는 둔독(鈍毒)을 뿌렸다고 가정해 보자.

당한 사람들은 어떤 행동을 보일까?

지금 절곡에서 벌어지고 있는 마인들의 모습이 딱 그 짝이다.

한데도 어느 한 사람, 독에 당했다는 말을 하지 않는다.

독에 당한 느낌은 금방 자각된다.

인위적으로 육신의 활동을 제한하는 방법은 어느 부분에선가는 반드시 마찰을 일으킨다.

본인이 '아! 당했구나!' 하고 자각하는 것은 시간문제다.

절곡의 평화는 둔독이 살포된 것과 흡사하지만 자각을 불러오지 않는다.

본인도 알지 못하는 사이에 중독시켜 버렸다.

이 세상에 어떤 독이 이럴 수 있을까? 없다.

이 세상에서 마인들을 순한 양으로 길들여 놓을 수 있는 것이라면 오직 의살밖에 없다.

마인들이 단차의 평화에 감응(感應)되었다.

사람이라면 누구에게나 애틋한 사연 하나쯤은 간직하고 있다.

어렸을 적의 추억이라거나, 애틋한 사랑 이야기라거나……조용한 시간에 자신과 마주 앉으면 문득 떠오르는 이야기를 하나 정도는 가지고 있다.

죽음 같은 침묵과 아늑한 마음은 옛 기억을 되살려 준다.

마인들은 자신들의 사연 속에 파묻혀 있으리라.

싸움 같은 것은 잊어버리고 내일 당장 죽을지도 모른다는 압박감마저 잊어버리고…… 아니, 그런 압박감이 있기에 자신만의 사연 속으로 더욱 깊이 함몰될 수 있는지 모른다.

단차…… 그가 빠져나가고 있다.

'이제 며칠밖에 살지 못하는 건가.'

구절마수는 하늘거리는 촛불을 바라보며 피식 웃었다.

저벅! 저벅!

천막 밖에서 조용한 발자국 소리가 들렸다.

내공이 실리지 않았으나 가볍다. 차분한 마음을 증명하는 듯 보폭이 일정하다.

자신에게 냉혈지다성이라는 별호를 하사받은 참모의 걸음걸이다.

그가 천막 밖에서 허리를 굽히며 말했다.

"주무시지 않으면……."

햇불에 비친 그의 그림자가 한없이 커 보인다.

그림자로만 보면 허리를 직각이 되도록 굽히고 있어서인지 괴물 같기도 하다.

"들어와."

냉혈지다성은 말이 떨어지기 무섭게 천막 안으로 들어섰다.

그는 우선 천막 귀퉁이에 죽은 듯이 앉아 있는 삼혈신마에게 옅은 웃음을 보냈다.

"안에만 계시면 답답하지 않으신지."

"신경 쓸 것 없어!"

삼혈신마가 퉁명스럽게 말했다.

"아, 예."

냉혈지다성은 또 옅은 웃음을 흘렸다.

어찌 보면 그의 웃음은 천막 밖으로 나오지도 못하는 처지를 비웃는 웃음으로 비쳤다.

그래도 삼혈신마는 발작하지 못했다.

삼혈신마의 목숨은 바람 앞의 등불이라고 해도 과언이 아니다.

그는 구절마수에게서 삼 장 이상을 벗어나지 못한다. 누가 그렇게 하라고 시킨 것도 아닌데 항상 뒤꽁무니를 쫓아다닌다. 마치 자기 스스로 '난 당신 손아귀에 있소'라고 말하는 것 같다.

냉혈지다성은 삼혈신마에게서 눈길을 거두고 구절마수 앞에 무릎을 꿇고 앉았다.

"무슨 일이냐?"

구절마수가 따분하단 음성으로 물었다.

냉혈지다성은 무릎 꿇은 자세에서 거듭 허리를 깊숙이 숙이며 진중하게 말했다.

"단차가 빠져나가고 있습니다. 지금 즉시 경계망을 최고로 가동시켜야 합니다."

“…….”

구절마수는 즉답을 피했다.

잠시 침묵이 흐르자 냉혈지다성이 다시 말했다.

“촌각을 지체할 여유가 없습니다. 지금쯤 절반은 빠져나간 상태라서…… 마존께서 굳이 나서실 필요도 없을 것 같고…… 괜찮으시다면 제가 탈출구를 봉쇄해 보겠습니다.”

“단차가 빠져나가고 있다?”

“네!”

“근거는 있는 말이겠지?”

냉혈지다성이 아무렇지도 않게 말했다.

“근거는 제가 굳이 말할 필요가 없을 겁니다. 이 사실은 마존께서 이미 인지하고 계실 터.”

“뭐라고 주절거리는 게야!”

“알고 계신 일을 부언(附言)할 필요는 없겠죠. 마존, 이 정도는 인정해 주서도 됩니다. 적어도 절 참모로 여기신다면 이만한 비밀쯤은 공유할 수 있어야 합니다.”

“뭐라고? 하하! 하하하!”

구절마수는 웃었다. 그러다가 웃음을 뚝 그치고 정색을 하며 말했다.

“좋아, 인정하지. 지금 이 순간 단차가 탈출하고 있어. 그래서? 네가 탈출구를 봉쇄하겠다고?”

“네.”

“저놈들의 지휘권을 달라는 말이냐?”

“저들 위에 군림하고자 하는 뜻은 없습니다. ‘탈출을 봉쇄하는 데까지만’ 입니다.”

“저놈들이 지금까지 단차와 싸워서 이긴 적이 있더냐? 무슨 자신감으로 그놈을 막겠다는 게냐?”

“후후! 자신이 없으면 말씀도 드리지 않았을 터, 제 목을 걸겠습니다. 놈들은 잡힙니다.”

“좋아. 그럼 단차를 어떻게 상대할지 말해봐.”

“단차는 잡지 못합니다. 후후후! 죄송하지만…… 마존께서도 단차를 잡지 못하셨는데 어찌 제가 감히……. 제가 잡고자 하는 놈들은 단차의 수하들입니다.”

구절마수는 자신을 건드리는 소리에도 담담한 표정을 유지했다. 그 정도의 말은 아무것도 아니라는 듯 신경 쓰지도 않았다. 그러나 재미있다는 표정은 계속 띠었다.

“단차의 수하를 잡겠다?”

“그들 정도는 잡을 수 있습니다. 그들만 잡으면 단차를 되돌아오게 만들 수도 있고…….”

“알았어, 생각해 보고.”

구절마수가 말허리를 잘랐다.

냉혈지다성은 물러서지 않았다.

“죄송하지만 제 목숨도 걸린 일이라서…… 지금 확답을 듣고 싶습니다.”

“확답? 네가 지금 죽고 싶은 모양이구나.”

구절마수의 눈에서 살광이 번뜩였다.

마존의 말은 곧 법이다. 마존의 뜻에 반하는 말을 한다는 것은 곧 반역이다.

"마존께 여쭙습니다. 단차가 빠져나간 후, 저희들의 생명은 어떻게 보장해 주실 건지요?"

"……."

구절마수는 대답하지 않았다. 대신 손에 진기를 끌어올려 마음을 표출했다.

사실 그가 냉혈지다성을 죽이는 것은 일도 아니다. 굳이 진기를 쓸 것까지도 없다. 한데 진기를 운용했다는 것은 아직은 죽이고 싶지 않다는 뜻이다.

이쯤에서 사과하고 물러나면 목숨은 보장된다.

냉혈지다성이 어찌 구절마수의 뜻을 모르겠는가.

그는 더욱 깊이 몸을 숙이며 말했다.

"지금 단차를 놓친다면 제 목숨은 죽은 것이나 진배없으니 지금 마존께 매 맞아 죽는 것쯤이야. 한 말씀만 여쭙지요. 단차를 공격하실 생각은 있으신지요?"

스으읏!

진기가 한층 강해졌다.

살기가 무럭무럭 피어나 잔뜩 움츠리고 있는 몸을 덮어씌운다.

그래도 냉혈지다성은 한 치의 굽힘 없이 말을 이어 나갔다.

"알겠습니다. 공격하실 뜻이 없으시다는 말씀…… 하지만 마존께서 단차를 공격하지 않으신다면…… 놈이 빠져나가고 있는데 앞을 막지 않으신다면……."

냉혈지다성이 허리를 굽혔던 몸을 일으켰다.

머리가 곧추세워지고, 허리를 꼿꼿하게 폈다.

그는 심유무심하게 가라앉은 얼굴로, 차분하게 가라앉은 음성으로 구절마수를 쳐다보며 말했다.

"마존! 저들은 결코 바보가 아닙니다. 절곡 안에 사람이 있고 없고 분별하지 못할 멍청이는 더더욱 아니죠. 단차가 빠져나갔다는 사실이 알려지면 모든 화살은 마존께 향할 겁니다."

"네가 그걸 왜 신경 써?"

무섭게 피어나던 살기가 싹 걷혔다.

구절마수의 얼굴에 웃음기가 피어났다.

순간, 냉혈지다성은 머리칼이 쭈빗 곤두서고 전신에서는 소름이 쫙 돋았다.

구절마수가 살기를 거뒀다.

이 말은 자신을 죽이기로 작심했다는 뜻이다.

냉혹한 살심(殺心)이 일어나면 화(火)의 성질을 지닌 살기는 오히려 가라앉는다. 구절마수가 살기를 더 북돋워야 할 때에 오히려 죽였으니 이는 살심을 굳혔다는 뜻이다.

마존은 단차가 빠져나가는 것을 알면서도 가로막지 않았다. 빠져나가도록 방치하고 있다.

단차가 빠져나가면 마인들의 살 수 있는 길이 사라진다.

며칠만 지나면 삼백여 명에 이르는 생명이 거의 동시에 목숨을 잃는다. 세공단을 복용한 시간이 다르니 약간의 시간 차는 있겠지만 그날을 넘길 수 있는 사람은 없다.

이리 채이고 저리 채이는 못난 마졸도 죽는다. 무상의 권력을 잠시나마 누리고 있는 마존도 죽는다. 한쪽 구석에서 비루먹은 망아지마냥 쩔쩔매고 있는 삼혈신마도 예외없다.

모두 다 죽는다.

그걸 알면서도 단차를 보내주고 있다.

이 사실이 마인들에게 알려지면 보름이 되기 전에 절곡은 아수라장이 된다.

서로가 서로를 죽일 것이다.

마존이고 마주고 아랑곳하지 않을 것이다. 무공이 엄청나더라도 이왕 죽을 것…… 서너 명, 열댓 명이 힘을 합쳐서라도 살을 오독오독 뜯어 먹으려고 달려들 게다. 그래야 자신들을 속인 데 대한 분노가 조금은 풀리니까.

일부는 절곡 밖으로 뛰쳐나갈 수도 있다.

기왕 죽을 것…… 바깥 세상에 나가서 마음껏 분탕질이나 치다가 죽는 것도 괜찮지 않나. 자신들이 무슨 수도승이라고 절곡에 틀어박혀 풀만 뜯어 먹다가 죽어야 하나.

종남산 인근 백여 리는 그야말로 지옥의 한 장면이 연출될 게다.

마존은 그런 일을 방지하려고 한다. 보름이 될 때까지 마인들을 절곡에 묶어두려고 한다.

마인들이 격동해서는 안 된다. 단차가 빠져나갔다는 사실을 알아서도 안 된다.

그런 일을 방지하려면 입을 열 만한 자를 먼저 죽이는 수밖에 없다.

지금의 경우는 자신이다.

단차가 빠져나간 사실을 짐작하는 사람은 자신뿐이니, 우선 자신의 입만 틀어막으면 마인들을 하루 정도는 더 묶어둘 수 있다고 생각할 게다.

말 한마디만 삐끗하면 바로 목숨을 잃는다.

그는 구절마수를 똑바로 쳐다보며 말했다.

"말씀드렸다시피 이번 일에는 제 목숨도 달려 있으니까요. 어떻게든 살아야겠다…… 하는 게 제 생각입니다."

쉐엑!

날카로운 파공음이 울렸다.

구절마수가 일장을 쳐냈다. 진기 깃든 손이 허공에서 번갯불처럼 번뜩였다.

비명은 터져 나오지 않았다. 피도 튀지 않았다. 격타음도 없다.

손은 냉혈지다성의 머리 위에서 뚝 멈췄다.

구절마수가 눈을 가늘게 뜨며 말했다.

"살아?"

냉혈지다성의 말속에 산다는 말이 포함되어 있었다. 그리고 그 말이 그의 죽음을 지연시켰다.

"네. 어떻게든 살아야지요."

그는 손을 천천히 품속에 찔러 넣었다. 그리고 작은 전낭(錢

囊)을 꺼내 두 손으로 받들어 올렸다.

"뭐냐?"

"세공단입니다."

냉혈지다성이 담담히 말했다.

하나 듣는 사람은 담담하게 들을 수 없었다.

"뭣!"

"헉! 세, 세공단!"

구절마수도 놀랐다. 천막 귀퉁이에 앉아 있던 삼혈신마도 깜짝 놀라서 경악성을 토해냈다.

"너…… 누구냐?"

구절마수가 냉혈지다성의 머리를 짓누르며 물었다.

"세공단을 어떻게 얻었냐고 물으시는 거라면…… 마존께서 싸웠던 자, 안선의 사교사입니다. 그에게서 얻었습니다."

냉혈지다성의 머리가 점점 짓눌려졌다.

"……."

구절마수는 말없이 머리만 짓눌렀다.

그의 머리가 땅에 바싹 닿았다. 무릎을 꿇고 있었기 때문에 두 손으로 땅을 짚어야만 했다.

구절마수는 설명을 요구하고 있다.

"마존께서 마주들과 함께 떠나실 때, 저도 뒤따랐지요."

"불가능!"

구절마수의 손에 힘이 가해졌다.

냉혈지다성의 얼굴이 땅에 문질러졌다.

입을 열어 말도 하기 힘든 지경까지 짓눌려졌지만, 그는 입술을 달싹거렸다.

"사실 마존의 계획은 부적절한 것…… 굳이 단차의 뒤를 노릴 이유가 없었죠. 해서 무언가 있다 싶어서……. 마존의 뒤를 쫓는 것은 그다지 어렵지 않았습니다. 뒤를 쫓는다고 해서 꼭 신법으로 쫓아야 할 필요는 없으니까요."

"……."

"이곳은 종남산. 종남산의 지형만 알면…… 마존께서 가신 길을 살피고 최종 목적지로 추정되는 곳을 선정하면…… 먼저 가서 기다리면 되는 것이죠. 지름길입니다."

그가 설명을 마쳤지만 얼굴을 누르는 힘은 여전했다.

구절마수는 세공단을 아랑곳하지 않았다.

전낭이 땅바닥에 나뒹굴고 있지만 곁눈질도 하지 않는다. 그는 오직 냉혈지다성만 무섭게 짓누른다.

"네가 먼저 가서 기다렸다?"

"네."

"그런데 내가 발견하지 못했다? 네놈이 숨어 있는 것을 감지하지 못했다?"

"이놈에게도 숨겨진 한 수는 있는지라."

"그래서 묻는다. 네놈! 누구냐!"

냉혈지다성이라는 별호는 종남산에 와서야 붙여졌다.

그는 사천 뇌옥에 있었다. 그전에는 어디서 무엇을 하던 자인지 알려진 게 없다. 대부분의 마인들이 어떤 악업을 쌓았는지 구체적으로 알려진 데 반해서 냉혈지다성에 대한 것은 아무것도 알려진 것이 없다.

그는 구절마수가 단번에 뽑을 만큼 현명하다. 지혜도 놀랍고, 지략도 뛰어나다.

무엇보다 그는 뇌옥에 갇혔다.

세상에서 평범한 자는 아니었다는 뜻이다.

냉혈지다성이 말했다.

"무총에 비목대라고 있는데 들어보셨는지."

"안다."

"이 몸이 비목대주였었죠."

"뭐라고!"

구절마수는 급히 냉혈지다성의 완맥을 움켜잡았다. 그리고 진기를 천천히 흘려 넣었다.

탁!

진기는 얼마 나아가지 못해서 철벽에 가로막힌 듯 딱 멈춰섰다.

우회할 길은? 없다. 뚫고 나갈 수는? 없다. 너무나 크고 단단해서 그의 진기로도 뚫고 나가지 못한다.

"후후후! 무총주의 솜씨입니다. 경혈을 억지로 뚫는다면 이 목숨, 부지하지 못합니다."

"비목…… 대주……."

구절마수는 신음하듯 중얼거리며 냉혈지다성을 놓아주었다.

비목대주의 명성은 구절마수가 따라갈 바가 아니다.

그는 문무쌍전(文武雙全)이다.

천재들만 모였다는 비목대를 한 손에 움켜쥐고 무림을 좌지우지했던 천재 중의 천재다. 뿐만 아니라 무공도 무총 내에서는 열 손가락 안에 든다는 말이 나돈다.

무인치고 그를 흠모하지 않는 사람은 없다.

그런 그가 한낱 마인이 되어 구절마수 앞에 무릎 꿇고 앉아 있다.

더군다나 그는 이런 사실을 굴욕이라고 생각하지도 않는 듯하다. 비목대주의 입장에서는 구절마수 같은 자는 졸자에 불과했을 터인데, 그런 자에게 머리를 조아린다.

"너는 죽었다는 소문이 있던데."

제자리로 돌아온 구절마수가 손을 턱에 괴며 말했다.

"어떤 삶은 죽느니만 못한 법이지요."

"내가 무총주라면 살려두지 않았을 거야. 그러기에는 너무 많이 알아. 머리도 뛰어나고. 너 같은 자를 살려두면 반드시 후환이 되지. 언젠가는 등에 칼을 꽂을 거야."

"죄송하지만 그 후환…… 무총주에게는 별게 아닙니다. 무총주는 적수를 인정하지 않는 사람입니다. 할 수 있으면 마음껏 해봐라. 재주껏 등을 노려라."

"으음!"

구절마수는 신음했다.

무총주는 비목대주 같은 자를 마음껏 놓아줄 정도로 뛰어났
던가.

자신 같으면 그렇게 못한다. 점혈하는 것만으로는 안심하지
못한다. 반드시 죽여서, 죽은 모습까지 확인해야만 비로소 발
을 뻗고 잘 수 있다.

비목대주의 경혈을 제압해 놓은 것은 그의 무공이 무서워서
가 아니다. 최대한 고통을 주기 위해서다. 벌레처럼 흐느적거
리며 살아보라는 잔인한 주문이다.

비목대주는 땅에 떨어진 전낭을 주워 두 손으로 받들었다.

"세공단입니다. 협상이 잘되어서 서른 알을 구했습니다.
아! 이거…… 저 혼자 복용해 보았자 이 년 반? 그 정도 더 살아
봤자 별 볼일 없을 것 같아서요."

"서른 알뿐이냐?"

"네. 전부 다 살려줄 마음은 없더군요."

서른 알이라면 절곡 마인들의 수에 비해서 딱 일 할이다.

구 할은 죽고 일 할만 산다.

"그 일 할…… 이미 선정해 놨겠지?"

"한쪽 구석에 얌전히 선별해 놓았습니다."

용의주도하다. 만약 무공만 잃지 않았다면 마존은 그의 몫
이 되었을 게다.

"너도 단차를 칠 생각은 없었군."

"그는 이미 커져 버렸습니다."

"수하들을 칠 생각은?"

“그것 역시…… 지금 상황으로는 도저히 답이 안 나옵니
다.”

“만약 내가 저들의 지휘권을 주었다면 어쩌려고 했나?”

“우선…… 마존께서는 저들이 흩어지기를 원치 않습니다.
또한 저들이 동요를 일으키는 것도 원치 않죠. 마존께서 능력
있는 마주들을 죽일 때 짐작한 것입니다.”

“지휘권을 절대 줄 리 없다…… 그래도 주었다면?”

“저들은 강합니다. 하지만 이쪽도 만만찮죠. 세공단은 저들
을 두 배 이상 키워놓았습니다. 저들이 마성(魔性)을 일깨운다
면 무서울 게 없습니다.”

“그래도 안 되지 않았나?”

“악소화라는 계집이 있습니다. 그 여자가 중심입니다. 그
여자만 분리해 내면 저들의 힘은 대번에 꺾입니다.”

구절마수는 그제야 전낭을 받아 들었다.

“사교사에게 뭘 주기로 했나?”

세상에 공짜는 없다.

한 달 치에 불과한 세공단이지만 이렇게라도 목숨을 부지하
려면 대가를 치러야 한다.

비목대주가 별일 아니라는 듯 태연히 말했다.

“일단 서지단을 주려고요.”

“뭣!”

“하!”

구절마수와 삼혈신마는 세공단이라는 소리를 들었을 때만

큼이나 크게 놀랐다.

3

량준이 포권지례를 취했다. 홍법이 두 손을 가슴 앞에 모아 예를 취했다.

"허!"

고봉이 기가 막힌 듯 하늘을 올려다보며 혀를 찼다.

이것이 어찌 보무당당하게 무림을 질타하던 십일영자라고 할 수 있는가!

열한 명 중 다섯 명만 살아남았다.

두 명은 무림으로 떠났고, 이들 세 명만 남았다.

같이 몰려 있기만 해도 일 개 문파와 견줄 수 있던 무인들이 이제는 제 목숨을 부지하기도 힘들게 생겼다.

사실, 이런 결과는 시각랑이 먼저 맞이했어야 한다.

시각랑은 십일영자처럼 무공이 강하지 못했다. 시각랑을 노리는 자들도 많았다. 하루하루가 피와 땀으로 얼룩진 세월이라고 해도 크게 다르지 않다.

그 와중에 세 명의 형제가 운명을 달리했다.

장위가 제일 먼저 떠났다. 낙소엽이 쓸쓸하게 죽어갔다. 소궁의 달인이며 미남자였던 여강강까지 죽었다.

십일영자 못지않게 시각랑도 아픔이 많다.

형제처럼 지낸 동료를 떠나보낼 때, 가슴이 얼마나 미어지는지 십분 이해한다.

"아, 배고파. 뭐 좀 맛있는 거 없나?"

담위민이 량준의 곁을 스쳐 지나며 말했다.

"죽을 끓여놨네. 산속이라 먹을 만한 게 없어."

"아이고, 죽이 어딥니까."

담위민이 불 가에 털썩 주저앉았다.

마인들 틈을 헤치고 나오는 것은 어렵지 않았다.

경계망이 단단해도 뚫고 나올 사람들이다. 하물며 마음이 봄바람처럼 흐물흐물한 사람들을 뚫고 나오는 건 일도 아니다.

"이리 와서 들어요. 이거 보기보다 맛있네요."

담위민이 금룡대 무인들을 손짓했다.

어색함은 대번에 사라졌다. 금룡대 무인들과 십일영자는 서로 고갯짓을 주고받으며 불 가에 빙 둘러앉았다.

"예상보다 많이 약하군."

량준이 말했다.

절곡 싸움은 십일영자에게도 깊은 인상을 남겼다.

단차의 수하들은 마인 육백여 명과 마주쳤으면서도 오히려 승기를 거머쥐었다.

들소들이 돌진해 오는 것을 독사의 이빨로 맞부딪쳤다.

결과는 독사의 승리다.

들소들은 연이어 전개되는 독사의 이빨을 막지 못했다. 여기저기서 퍽퍽 나자빠지더니 급기야는 대열이 무너졌다.

반면에 단차의 수하들은 처음부터 끝까지 시종일관 질서정 연했다.

그 구심점에 악소화가 있다.

십일영자는 이런 점을 잘 알고 있지만 막상 시각랑과 금룡 대를 대하니 약하다는 인상을 느끼지 않을 수 없었다.

"걸왕과 살림이 빠져나갔어."

동나가 시원하게 대답했다.

"쓸 만한 자들은 죄 빠져나갔군."

"저들도 함부로 쓰면 안 돼."

"……?"

"무혼을 상대하는 데만 쓰자고."

"그건 주공의 뜻과 다른데?"

"저들 말을 빌리자면 현장을 보고 판단한 지휘관의 결단이 라고 해두지."

"흠!"

그들은 서둘지 않고 천천히 준비했다.

동나는 깊고 높은 종남산을 쳐다보면서 생각했다.

'안선 대공…… 이제 슬슬 움직일 때가 되지 않으셨나. 어서 나오셔야지. 후후! 단차를 움직이기 위해서는 이 사람들이 꼭 필요할 터…… 언제쯤 나오시겠나, 언제쯤…….'

쒸이익! 쒸익!

걸왕들은 바람처럼 절곡을 질주했다.

"이제 얼추 다 온 것 같은데."

"그래, 이 근처 어디야."

"흩어져!"

그들은 사전에 약조된 사람들처럼 일제히 사방으로 비산했다.

잠시 후, 동남방(東南方)에서 날카로운 쇳소리가 울렸다.

쒜엑!

짧고 간결하지만 널리 번져 가는 휘파람이다.

사방으로 흩어졌던 걸왕들이 순식간에 동남방으로 모여들었다.

"찾았어?"

"여기야."

걸왕들은 무너지기 일보 직전인 산신각(山神閣)을 기웃거렸다.

"맞네."

"언제 표식이야?"

"어제."

"어제면 조금만 기다리면 오겠군."

"휴우! 빨리 찾아서 다행이다. 이젠 좀 편안히 쉬자고."

그들은 산신각 여기저기에 털썩 자리를 깔고 앉았다.

"휴우! 답답해서 죽는 줄 알았네."

걸왕 중 한 명이 한숨을 불어 쉬며 말했다.

“모두 똑같지 뭐.”

다른 걸왕이 맞장구쳤다.

그들은 종남산에서 벙어리에 귀머거리가 되었다.

세상 소식을 전혀 듣지 못했다. 정보는 고사하고 헛소문조차 듣지 못했다.

늘 종달새 지저귀듯이 귀에 들리는 소리가 세상 돌아가는 이야기들이었는데 그런 말들을 한마디도 듣지 못한 채 일을 벌이자니 눈을 감고 길을 걷는 심정이었다.

머리가 완전히 백치가 되어버린 느낌이다.

“저놈들…… 꽤나 잘 따라오지?”

걸왕이 살림 살수들이 머문 곳을 힐끔 쳐다보며 말했다.

살림 살수들의 모습은 어디에도 없다. 눈을 부릅뜨고 찾아봐도 보이지 않는다. 그들의 은신술은 너무 완벽해서 미리 알고 있지 않았다면 눈치채기 어려울 정도다.

“살림을 우습게보면 안 되지. 저들이 정말 죽이려고 마음먹으면 우리 중 몇 명은…….”

그가 손으로 목을 가로 그었다.

“해는 안 되겠지?”

“득이 되었으면 되었지…… 따라오는 것도 나쁘진 않아.”

그들은 쑥덕거리며 시간을 보냈다.

해가 중천에 떴다.

산신각에 그려진 밀마는 어제저녁 유시(酉時)경에 그려진 것이다.

아직도 네 시진 정도는 기다려야 개방도를 만날 수 있다.

다른 방법도 있다. 마을로 내려가서 개방도를 직접 찾는 것이다. 하나 그 방법은 상당히 위험하다.

이미 세상 사람들이 걸왕을 알기 시작했다.

그들은 아마도 개방의 무공을 훔쳐 배운 인간 말종들쯤으로 생각할 것이다.

개방은 걸왕들의 존재를 부인한다. 또 공식적으로 추살령(追殺令)을 내린다.

상황이 이 정도가 되면 내놓고 개방도를 만날 수는 없다.

아주 은밀히, 지극히 조용하게 만나고 헤어져야 한다. 암중으로는 개방도와 아주 밀착되어 움직이지만 겉으로는 한없이 쫓겨 다녀야 하는 팔자다.

결국 하루 종일 낮잠을 잘지라도 이렇게 한적한 곳에서 기다리는 수밖에 없다.

오시를 넘기고 미시까지 넘어섰다.

그들은 양지 바른 곳에 앉거나 누워서 꾸벅꾸벅 졸기 시작했다.

사박! 사박!

지극히 조용하면서 차분한 발걸음 소리가 들려왔다.

'응?

홍의여인의 눈가에 잔파랑이 일었다.

발걸음 소리를 흘린 사람은 노인이다.

아니, 노인인지 아닌지는 판단할 수 없다. 전신을 검은 피풍의(皮風衣)로 휘감고 있어서 나이를 분간할 수 없다. 하나 걷는 걸음걸이로 미루어 분명히 노인일 것 같다.

노인은 참으로 묘한 걸음걸이를 가졌다.

어떻게 보면 조용한 걸음걸이다. 차분하며, 규칙적이며, 질서가 숨어 있다. 다르게 보면 영락없이 병자의 걸음걸이다. 힘이 없고, 비틀거리고, 금방이라도 어떻게 될 듯한 위태로움이 감지된다.

아니다! 노인은 엄청난 고수다!

홍의여인은 파르르 떨었다.

살수의 직감이지만…… 이 세상에서 가장 강한 자와 만났다.

그녀는 무총주도 만나봤다. 비록 짧은 시간 동안에 스쳐 지나가는 인연밖에 되지 않았지만 그래도 무총주의 기도를 읽기에는 충분한 시간이었다.

노인은 무총주와 비교해도 손색이 없다.

'누구냐!'

머릿속에서 숱한 사람들이 스쳐 지나갔다.

무림에 이만한 고수는 많지 않다.

오대고수? 아니다. 무총주는 더더욱 아니고…… 무총 사 개 지단주? 그들도 아닌 것 같다.

고수는 많지 않은데 언뜻 생각나는 사람이 없다.

"쿨룩! 쿨룩!"

노인의 기침 소리가 피풍의 사이로 흘러나왔다.

'역시 노인!'

피풍의 사이로 폐부를 쥐어짜듯 흘린 기침 속에 늙수그레한 음색이 실려 있다.

"쿨룩! 쿨룩! 살림이…… 쿨룩! 은맥(隱脈)…… 쿨룩! 이었더냐! 쿨룩! 쿨룩!"

순간, 누가 먼저라고 할 것도 없이 살림 살수 네 명이 거의 동시에 튀어 나갔다.

쒜에엑!

뚱뚱한 사내가 거친 일격을 쏟아냈다.

그 뒤를 바짝 마른 사내가 뒤따르며 살검을 펼쳐 냈다. 거친 일격 뒤에 숨긴 암검(暗劍)으로 노인의 위치에서는 검이 날아오는 게 보이지 않을 것이다.

말라깽이 노인은 표면으로 솟구치지 않고 옆으로 돌아가 암격(暗擊)을 노렸다.

홍의여인도 움직였다.

뚱뚱한 사내의 정반대편에서 일절 소리를 죽이고 번뜩! 튀어 나갔다.

노인이 누구인지 모른다. 절대고수라는 점은 안다. 무총주에 비견될 만큼 절정고수다. 자신들이 덤벼봤자 코끼리 등에 벼룩 몇 마리 달려드는 꼴이다.

그럼에도 달려들 수밖에 없다.

은맥이 거론된 이상, 양쪽 중에 한쪽이 죽어야만 끝나는 사이가 되어버렸다.

"허! 쿨룩!"

순간, 그를 향해 쏘아가던 네 명의 살수는 벼락이라도 맞은 듯 휘청거렸다.

거대한 해일이 밀려와 전신을 강타했다.

진기가 밑바닥에서부터 끓어올랐고, 병기에 집중된 진기는 순식간에 흩어져 버렸다.

"큭!"

노인에게 제일 가까이 다가갔던 뚱뚱한 사내가 답답한 신음을 토하며 물러섰다.

그는 가슴을 두 손으로 껴안고 있었다.

가슴을 격타당하지도 않았는데 두 손이 가슴에 얹혔다는 것은 심장에 막중한 충격이 가해졌다는 뜻이다.

기혈이 진탕되었을 게다.

숨이 가쁘고, 식은땀이 줄줄 흘러내리고, 눈앞은 캄캄해지고…… 일순간 전신 기력이 썰물처럼 빠져나갔을 게다.

그들로서는 감당할 수 없을 만큼 거대한 무인이다.

"후욱!"

홍의여인이 거친 숨을 토해내며 검을 들어 올렸다.

"쯧! 은맥은 은맥이되…… 쿨룩! 쿨룩! 비전(秘傳)을 잇지…… 쿨룩! 못했구나."

그때다! 홍의여인이 무엇인가 생각난 듯 얼굴색이 파리하게 질리더니 바들바들 떨기 시작했다.

"자, 잔맥비경(殘脈秘勁)!"

"뭣! 음……!"

"으……!"

잔맥비경이라는 말이 흘러나오자 그들은 비로소 깨달았다는 듯이 눈을 동그랗게 뜨고 침음을 토해냈다.

노인의 기침 소리…… 폐가 상해서 나오는 기침 소리가 아니다. 잔맥비경을 수련한 부작용이다.

"쿨룩! 따라오거라."

노인은 네 살수를 흘깃 쳐다본 후 느릿느릿 걸어갔다.

걸왕들은 타구봉을 움켜쥐고 일어섰다.

기다리는 걸개는 오지 않고 엉뚱한 고수가 나타났다.

그들 모두가 전력으로 합심하여 공격을 퍼부어도 이득을 얻을 수 있을까 우려되는 초절정고수다.

그들은 살림 살수들의 공격을 봤다.

자신들도 대항은 할 수 있지만 노인처럼 기침 소리 한마디에 기혈을 진탕시킬 수는 없다.

그렇다면 자신들도 같은 결과가 나타나리라.

타구봉으로 어떤 초식을 전개하든 기침 한마디에 맥을 못 추고 쓰러질 게다.

그렇다고 두 손 놓고 당할 수는 없다.

여덟 명은 네 명은 앞에 서고 네 명은 뒤에 섰다.

그들은 의식하지 못하지만 악소화와 함께 수련한 병진(竝

陣)을 펼치고 있었다.

"쿨룩! 너희가…… 쿨룩! 걸왕이냐! 쿨룩!"

아무것도 아닌 한마디!

걸왕 여덟 명은 '너희가 걸왕이냐' 라는 말 한마디에 전신을 휘청거리면서 부들부들 떨었다.

걸왕들은 자신들의 무공에 꽤나 자부심을 가진다.

장문인이든 누구든 마음만 먹으면 죽일 수 있다고 생각했다. 그리고 그 생각은 틀리지 않는다.

한데 무림에 나와서 단차에게 눌렸다.

구절마수라는 놈도 만만치 않았지만…… 무총주를 대하고는 자신들이 얼마나 우물 안 개구리였는지 절실하게 깨달았다.

이 사람, 이 사람도 자신들을 초라하게 만든다.

"쿨룩! 앉아라. 쿨룩!"

노인은 걸왕들이 피워놓은 모닥불 앞에 쭈그리고 앉았다.

어디서나 볼 수 있는 흔한 노인의 모습이다.

먼 길을 걸어와서 피곤한가 보다. 추위에 지쳐서 가죽 보자기를 머리끝에서부터 뒤집어썼나 보다. 배도 고파 보인다. 깡말라서 뼈만 남은 손을 보자니 문득 애처롭게 느껴진다.

노인은 무서운 신위를 지녔지만 막상 기도를 풀자 무시해도 좋을 정도로 약해 보였다.

"동나…… 시각랑을 따라가거라."

노인은 옛날이야기를 하듯이 아무렇지도 않게, 담담하게,

처음 본 사람에게 당당히 명령했다.

"무총 무혼이 급습할 터… 쿨룩! 무혼들이 작심하고 덤벼들면 쿨룩! 쿨룩! 쿨룩! 살아남기 힘들 게다. 쿨룩! 그들을 도와라. 쿨룩! 단차에게 남은 사람이라고는, 쿨룩! 그들뿐이니."

"노인장은 뉘쇼!"

걸왕이 퉁명스럽게 물었다.

"대공."

물음이 끝나기 무섭게 답변이 되돌아왔다.

걸왕들은 잠시 대공이라는 말의 의미를 되새겼다.

대공이 뭐지? 문득 그런 생각이 들었다. 어디서 많이 들어본 소리인 것 같은데, 그리 낯선 말은 아닌데…… 그러다가 대공이 무엇을 의미하는지 퍼뜩 깨달았다.

"대공!"

"안선 대공!"

그들은 훌쩍 두어 걸음이나 물러섰다.

노인이 너무 빨리, 너무 쉽게, 너무 담담하게 말하는 바람에 대공의 의미를 되새겨야 했다.

이 세상에서 무총주와 함께 가장 강한 두 사람 중의 한 사람이 여기 있다. 구파일방이 숙적이라고 몰아세우는 원흉 중의 원흉이 코앞에 있다.

"쿨룩! 남들이 그러더군. 쿨룩! 쿨룩! 대공…… 이라고. 쿨룩!"

"대공……!"

걸왕들은 타구봉을 겨눴지만…… 할 것이 없었다.

덤벼들자니 상대가 되지 않는다. 아니, 그가 손을 쓰지 않고 있는 게 천만다행이다.

이걸 어쩐단 말인가!

이자만 없애면 무림이 평화로울 텐데, 원흉을 앞에 놓고도 손을 쓰지 못하니!

"단차를 위해서…… 쿨룩! 그리하거라. 쿨룩! 단차는 내 곧…… 빼내오마. 쿨룩!"

대공이 이상한 소리를 했다.

그가 무총주의 손에서 단차를 빼내온단다.

그가 왜? 안선주가 왜 단차를?

어쨌거나 그래만 준다면 반가운 일이다.

"가거든 쿨룩! 동나의 뜻에 따라서 쿨룩! 무혼과 한바탕 싸움을 벌이거라. 동나는 결전을 피할 터…… 어떻게든 싸움을 길게 끌고 갈 터…… 서둘지 말고 따라라. 쿨룩!"

노인은 연신 기침을 토해냈다.

그렇다고 손을 들어 입을 막거나 하지는 않았다.

"그리하다 보면 쿨룩! 무림이 혼란에 빠질 것이니…… 쿨룩! 천하를 뒤집는 시초가 될 터…… 쿨룩! 이는 너희가 원하는 바이기도 할 게다. 쿨룩!"

대공은 걸왕들의 의중도 꿰뚫어 보고 있었다.

"그러다가 단차가 오면 같이 움직이고…… 시각랑과 금룡대가 죽으면 아무 의미도 없으니…… 쿨룩!"

걸왕들은 선택의 여지가 없었다.

"우린 자주 만나게 될 게다. 참! 동나를 보거든…… 쿨룩! 너무 기다리지 말라고 해라. 쿨룩!"

"그렇게만 말하면 압니까?"

대공은 그렇다고 고개를 끄덕였다. 그리고 어서 가보라는 듯 손짓을 했다.

"다 죽고 넷만 남았구나. 쿨룩! 쿨룩! 홍무(紅舞), 쌍도(雙刀) 쿨룩! 비권(肥拳), 작검(灼劍). 쿨룩!"

노인이 살림 살수들을 애처롭게 쳐다봤다.

그들은 놀라지 않았다.

노인이 거명한 별호는 살림 내에서 살수들끼리만 사용하는 그들만의 별호다.

살림 안에서만 통용되며, 살림을 벗어나면 쓰지 않는 죽은 별호.

홍무는 홍의여인이며, 쌍도는 키 작은 노인이다. 비권은 뚱뚱한 사내며, 작검은 깡마른 검사다.

노인은 살림을 잘 알고 있다.

당연하다. 노인이 바로 잔맥비경을 수련한 은맥지주(隱脈之主)이기 때문이다.

즉, 노인은 살림의 진정한 림주다.

그렇다고 노인을 본 적이 있는 건 아니다. 노인이 살림을 도와준 적도 없다.

살림이 은맥이었더냐!

이 말로 미루어보면 노인도 살림이 은맥이라는 사실을 지금에서야 알았던 것 같다.

그럼에도 네 사람의 별호를 정확하게 불렀다.

사실을 알면 전혀 신기하지 않다. 살림 살수들의 신체는 그들이 수련한 무공을 닮아간다. 아니, 수련할 무공에 맞춰서 가장 적합한 신체를 고른 탓에 몸을 보면 별호를 생각해 낼 수 있다.

살림의 최고 무공은 잔맥비경이다.

"쿨룩! 너흰…… 나랑 가자. 쿨룩! 아직 배울 게…… 쿨룩! 많아 보이는구나."

노인이 애잔한 눈길로 살림 살수들을 쳐다보며 말했다.

第百四十二章

침어(侵魚)

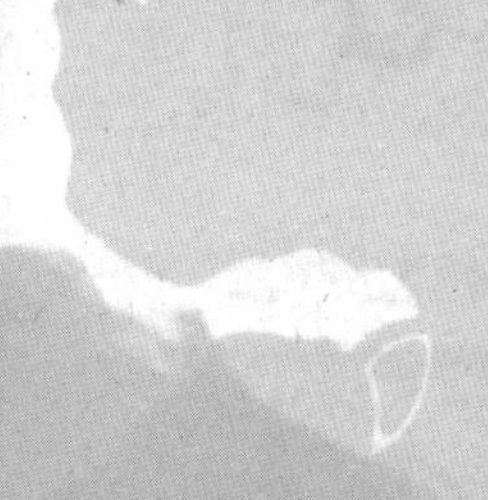

“어디로 가야 합니까?”

“어디로 가고 싶으냐?”

“……”

“가고 싶은 데로 가거라. 하고 싶은 대로 해라.”

“그거면 됩니까?”

“그거면 된다.”

계야부의 물음에 무총주는 선문답(禪問答) 같은 대답을 해 왔다.

그의 말은 한마디로 '네 마음대로 해라' 이다.

구속이라는 굴레를 덮어씌운 것치고는 상당히 자유롭다. 아니, 매우 자유롭다.

어떤 문파도, 어떤 무인도 그를 건드리지 못한다.

그와 검이라도 겨루려면 반드시 총주의 허락을 얻어야 한다.

종남산에서의 싸움이 총주의 허락을 얻지 않고 싸울 수 있는 마지막 경우였다.

종남파는 종남산이라는 안방을 내줬다.

화산파는 청진자가 죽은 원한이 있다.

이런 한(恨)들이 있기에 맺힌 것을 풀라는 의미에서 싸움을 묵인했다. 세상사 모든 것이 결자해지(結者解之) 아니겠는가. 매듭은 묶인 것끼리 풀어야 하지 않는가.

어느 쪽이 이기고 지고의 문제가 아니다. 한 번은 반드시 싸워야 하는 관계이기 때문에 놔둔 것이다.

결과는 두 문파의 패배다.

더 이상 어떻게 해볼 엄두가 나지 않을 정도로 완벽하게 패했다.

그렇다고 이대로 끝난 것은 아니다. 무림의 세계에서 영원한 강자란 존재하지 않는다. 처음에는 너무 강해 보여도 나중에는 반드시 무너진다.

허점이라고는 전혀 없을 것 같던 무공이 세월이 지나면서 희한하게도 틈이 생긴다.

무슨 연유일까?

눈에 익고 안 익고의 차이이다. 무공이 눈에 익기 시작하면 허점이 저절로 드러난다.

종남파와 화산파는 그때를 기다린다.

단차를 계속 주시하면서, 그의 무공을 계속 살피면서 반드시 드러날 허점을 찾는다.

그들의 싸움은 그때 다시 시작된다.

개방도 마찬가지다. 무적불패를 자랑하던 타구진이 피눈물을 흘려도 모자랄 정도로 처참하게 무너졌지만 그것으로 개방이 무너졌다는 생각은 그 누구도 하지 않는다.

단차가 강하다는 것은 인정한다. 하나 그 강함이 언제까지 지속될지는 아무도 모른다. 오늘 무너질 수도 있고, 내일 무너질 수도 있다. 분명한 것은 언젠가는 반드시 무너진다는 것이다.

개방의 타구진이 그랬듯이, 지금까지 무적으로 군림했던 절대고수들이 그랬듯이.

그렇다면 무총주나 안선 대공은 어떤가?

그들도 마찬가지다. 언젠가는 반드시 무너진다.

누군가는 그들을 무너뜨릴 수 있는 허점을 찾아낼 게다.

물론 허점을 찾아냈다고 해서 그것이 곧장 승리로 이어지는 경우는 드물다.

허점을 발견하는 순간부터 승리할 수 있는 초식을 창안하기까지는 상당한 시간이 소요된다. 초식을 창안하기 위해 희생을 필요로 할 때도 있다.

단차에게 진 문파는 지금부터 그 일을 추진해 나간다.

무턱대고 싸움을 걸어오는 것이 아니라 차분하게 준비하면서 기다린다.

그래도 단차와 싸움을 걸어오는 무인은 많다.

북무림 전체가 그를 노린다. 중원 전체가 무림의 의기를 바로 세우기 위해서는 그를 처단해야 한다고 생각한다.

북무림에서 벌어진 살상은 무림의 공분을 사기에 충분했다.

안선이니 무총이니 하는 것은 따지지 않는다. 화산파의 청진자라는 덕망 높은 도인을 암살했다는 자체만으로도 그는 용서받지 못할 죄를 지은 것이다.

단차가 강하다는 점은 그들도 안다.

조만간 종남파와 화산파가 척살에 실패했다는 소문도 번질 게다.

그것은 개방의 타구진이 무너진 것만큼이나 큰 충격이 되어 무림을 흔들 것이다.

웬만한 사람은 단차를 보고도 시비를 걸지 못한다.

다수의 이점을 살리기도 힘들다.

개방 타구진에서 봤듯이 단차에게는 다수로 소수를 제압하는 방식이 통하지 않는다.

단차에게 병기를 들이밀 수 있는 사람은 극소수다.

이 극소수의 무인은 거의 대부분이 일파를 이끄는 존장이거나 명망 높은 고인이다.

한 번의 패배로 잃을 것이 너무 많다.

하니 그들은 단차를 지켜보기만 할 뿐 싸우지 않을 공산이 크다.

굳이 무총주가 개입하지 않아도 그에게 병기를 들이밀 무인은 없는 셈이다.

소문은 거칠게 퍼져 나가지만…… 그는 자유롭다.

총통기가 만천하에 퍼져 나가 공분을 모으지만 그의 앞을 가로막을 무인은 없다.

이런 입장에서 무총주는 가고 싶은 데로 가고, 하고 싶은 대로 하라는 말을 했다.

계야부는 다시 물었다.

"정말 그거면 됩니까?"

"된다."

계야부는 총주의 대답이 나오기 무섭게 몸을 돌려 반대로 걸어가기 시작했다.

"어디로 가는 게냐?"

"무총으로 갑니다."

"무총?"

"약란이를 봐야겠습니다."

"내가 약속이라도 어길까 봐 그러느냐?"

"손녀에게 소허태기를 전수하신 분입니다. 하하! 죄송하지만 할 말이 없으실 것 같은데요."

"만인이 흠모하는 무공이다."

"하하하!"

"소허태기를 비웃는 놈은 네놈밖에 없을 게다."

"그렇습니까?"

"소허태기만 배울 수 있다면 부모 형제라도 팔아먹을 놈들이 득실거릴 게다."

계야부는 말하지 않았다.

할 말은 많다. 하지만 하지 않는다.

무총주는 정말 소허태기를 자랑스럽게 생각하는 건가? 사약란에게 전수해도 아무렇지도 않은 것인가? 절세의 무공만 익히면 여인의 몸이 상실되어도 괜찮은 건가?

정말 그렇게 생각한다면 무총주의 인성에 문제가 있다.

정말 그렇다면 그를 인의대협이라고 부를 수 없다. 명문정파의 수장이라고 말할 수 없다.

이런 행동은 사마외도나 저지르는 짓이다.

계야부의 마음을 아는지 모르는지 무총주가 태연하게 말했다.

"그 아이는 너무 걱정 마라. 지금쯤 연공을 중지했을 테지. 허허허! 세상일이라는 게 어디 마음대로 되어야지. 마음대로만 된다면야 의살인들 무슨 소용이 있을까. 허허허!"

무총주는 무엇인가 알고 있다는 투로 말했다. 믿어도 좋을 만큼 확신에 찬 음성이었다.

'수련을 중지했군.'

한달음에 달려가고 싶다. 온 힘을 다해 신법을 펼친다. 연공실을 단숨에 부수고 들어가서 비 맞은 참새처럼 오돌오돌 떨고 있을 그녀를 꺼내오고 싶다.

마음은 벌써 그녀를 향해 달려갔다.

자신이 그녀를 모른 척한 것은 자신 때문에 해를 입지 않기를 바랐기 때문이다.

서로 모르는 관계로 지내면 무림의 따가운 눈총을 피할 수 있다. 안선으로부터 보복을 당하지 않아도 된다.

그녀에게 쏟아질 집중 공격을 피하고자 했다.

오로지 그 이유 하나 때문에 가슴이 찢어지는 것을 참으면서 모른 척했다.

한데 정작 위험은 가까운 곳에 있었다.

절대로! 절대로 소허태기를 수련해서는 안 된다.

그것은 사내의 무공이다. 여인이 수련하면 반드시 이상이 생긴다. 여자라고 양강무공을 수련하지 말란 법은 없다. 하지만 소허태기처럼 절정에 이른 공부는 반드시 인성을 건드린다.

다행히도 수련은 중지한 것 같은데…… 수련에 집중하던 사람이 느닷없이 중도에서 그만두는 경우는 거의 없다. 그럴 만한 어떤 사연이 발생했다는 뜻이다.

사약란은 무사한 걸까?

어떤 일이 벌어진 것인가?

"휴우!"

계야부는 남몰래 한숨을 몰아쉬었다.

마음은 그녀를 향해 쏜살같이 달려가고 있건만, 그의 두 다리는 너무도 태연하게 느릿느릿 걸었다.

무총주가 이런 걸음걸이를 유지하게 만들었다.

조금이라도 빨리 달릴라 치면 암흑마기가 피어나고 소허태기가 엿보인다.

하지 말란 소리다.

소허태기를 감당할 자신이 없거든 천천히 가란 소리다.

말로는 마음대로 하라고 하면서 행동은 철저하게 통제하고 있다.

하면 왜 말을 그런 식으로 했을까?

마음의 충돌을 관찰하고 싶은 것이다.

사약란을 향해서 조금이라도 빨리 가고 싶은 마음과 천천히 걸어야 하는 행동 사이에는 반드시 갈등이 존재한다. 그리고 마음은 그 갈등을 어떤 식으로든 해결해야 한다.

달려가고픈 마음을 죽이고 천천히 걷는다.

그때 의살은 어떤 식으로 표현되는가.

무총주의 예리한 눈이 전신에 칼날처럼 틀어박힌다.

이것이 무총주의 목적이다.

그가 무엇을 보고, 어떻게 의살을 연구할지 모르지만 당장은 곁에 두고 일거수일투족을 살핀다.

그는 이런 현상을 관찰하기 위해 앞으로도 상반된 명령을 종종 내릴 것이다.

마음대로 해라. 하나 하지 못하게 통제한다.

무총주는 모습을 보이지 않을 때가 많다.

어디에 있는지 기척을 감지하지 못할 경우도 왕왕 생긴다.

그렇다고 그가 떠난 건 아니다. 뭔가를 물어보면 전혀 예상치 못한 곳에서 불쑥 답을 해온다.

시간이 지날수록 암흑마기에 점점 갇히고 있다.

암흑마기를 풀어내고, 소허태기마저 담담하게 받을 수 있을 때 그와 상대를 할 수 있는데…… 암흑마기를 풀어내기는커녕 점점 깊게 덮씌워진다.

이래서 마음속 깊이 각인된 인상이 무서운 게다.

아무것도 하지 않고 단지 옆에만 있는데도 그를 상대하려는 마음이 죽어간다.

'무총에 가기 전에……'

문득, 성오존자가 생각났다.

그분을 뵌 지 꽤 오래되었다.

금강반야선공 같은 절학을 공짜로 얻었는데, 따뜻한 차 한 잔 대접하지 못했다.

들리는 풍문에 의하면 소림사에 계시다는데…….

'발길을 돌려야겠군.'

그는 발길을 소림사로 돌렸다.

무총 본단에 가서 사약란을 만나는 순간, 그게 아니면 만나기 전에…… 그즈음쯤 무총주와 마지막 일전을 벌여야 한다.

어떤 이유가 있는 건 아니다. 막연하게 그런 느낌이 든다. 그때쯤이면 무총주도 얻고자 하던 것을 다 얻었을 것이라는 생각이 강하게 밀려든다.

사약란을 만나보지 못하고 죽을 수도 있다.

그녀에게 달려가는 발길을 가급적 늦추면서 최대한 암흑마기를 풀어내야 한다. 마음속에 찍힌 낙인을 지워내고 새로운 그림을 그려야 한다.

종남산에서 동남방, 작수(柞水)로 갔다.

작수에서 호광성(湖廣省)으로 가는 길은 크게 두 갈래다.

배를 타고 진안(鎭安)을 거쳐 죽계(竹溪)로 들어서는 길이 있다. 계속 동진하여 갑하(甲河)에서 배를 타고 상진(上津)으로 들어서는 길도 있다.

육로도 있지만 수로가 빠르고 편하기 때문에 거의 대부분 이 길을 이용한다.

계야부는 동진하여 갑하로 갔다.

이제 배를 타고 유유히 유람하듯이 산천경개를 즐기면 된다.

그는 배를 타지 않았다. 계속 앞으로 나아갔다. 갑하를 건너 산양(山陽)으로 길을 잡았다.

그가 다루에 앉아 차를 마시고 있을 때, 무총주가 우연히 만난 것처럼 불쑥 들어섰다.

무총주가 맞은편에 앉으며 말했다.

"본단으로 가는 게 아니었나?"

"맞춰보시죠."

"허허! 이쪽으로 가면 하남(河南) 아닌가? 좋지 않을 텐데?"

무총주가 개방을 의식하며 말했다.

하남성에는 개방 총타가 있다. 그러잖아도 개방에 원수진 그가 제 발로 걸어서 하남성에 들어가는 것은 누가 봐도 좋아 보이지 않는다. 사단이 나도 단단히 날 게다.

계야부는 무총주에게서 눈길을 거둬 창밖을 쳐다봤다.

츠으웃! 차아아앗!

지금 이 순간에도 두 사람은 무형, 무음의 싸움을 지속했다.

계야부는 벗어나려고 안간힘을 썼고, 무총주는 더욱 단단히 옭아 쥐었다.

싸움은 늘 계야부가 먼저 시작한다.

그가 저항하지 않으면 무총주도 심력을 사용할 필요가 없다. 계야부가 도전해 오니 응전할 뿐이다.

그런고로 계야부가 도전을 멈추면 싸움은 저절로 그친다.

그렇다고, 손발을 사용하지 않는 싸움이라고 위험이 전혀 없는 것은 아니다. 아니, 병기를 사용하여 상대를 할퀴려고 덤벼드는 것보다 훨씬 치열하고 위험하다.

이런 싸움은 육신을 노리지 않는다.

마음으로 일으켜 마음으로 싸우니만치 노리는 것도 상대의 마음, 정신이다.

방어가 조금이라도 약하면 일순간에 정신을 놓쳐 버린다. 혼절한다는 의미가 아니라 아예 미쳐 버린다는 뜻이다.

두 사람이 틈날 때마다 벌이는 무형의 싸움이 사실은 목숨을 건 싸움보다도 더 치열하다. 서로 말을 나누는 동안에도 상대를 잿더미로 만들어 버릴 수 있는 노림수가 오고 간다. 같은

탁자에 앉아 같이 차를 마시면서도 상대의 머리에 비수를 꽂아 넣는다.

"가급적이면 개방과 부딪치지 마라. 개방이 정말 화를 내면 무림에 발붙일 곳이 없다."

"……"

계야부는 차만 마셨다.

그의 무공은 마음에 기초를 둔다. 한데 그 마음이란 것이 종잡을 수 없다.

무총주가 눈앞에서 무방비 상태로 차를 마신다.

아주 좋은 공격 기회다. 쾌속하게…… 그야말로 바람처럼 일격을 가하면 잡을 수 있을 것 같다.

단지 느낌만이 아니다. 무총주의 무공을 저울질하고, 자신의 기량을 생각했을 때 충분히 가능성이 있어 보인다. 양쪽이 충분히 준비를 끝낸 상태라면 어림없지만 마음을 탁 풀어놓은 상태에서는 이미 절반을 먹고 들어간다.

이것이 현재의 마음이다.

그의 마음은 소허태기에 짓눌린 상태다.

백 번 도전하면 백 번 패할 것이라는 패배감이 낙인찍혀 있다.

하면 기습이 성공할 것 같다는 마음은 무엇인가? 어느 것이 정말 마음인가?

물어보나 마나다.

실제로 막상 부딪쳐 보면 기습 같은 건 어림도 없다는 것을 알게 된다.

자신이 손을 쓰는 것보다 무총주의 손이 더 빨리 움직인다. 자신이 먼저 공격을 시도했는데, 나중에 살펴보면 무총주가 한발 앞서서 움직였다는 것을 알 수 있다.

낙인찍혀 있는 마음이 진짜다.

이렇듯 진짜 마음은 종종 거짓 마음에 가려진다.

이것을 잘 분별해 내야 한다.

범인들은 문득문득 치민 마음이 진짜인 줄 안다.

이를 악물고 자신감을 갖자고 다짐하면 정말로 자신감이 북돋는다.

이것은 진짜가 아니다. 겉으로는 자신감이 북돋을망정 그런 자신감을 완전히, 십분 믿지 못하는 마음이 저 깊은 곳에 숨어 있다면 거짓 마음에 이끌린 꼴이 된다.

현실을 보지 말고 마음을 봐야 한다.

현실이 아무리 비참하더라도 마음이 낙원에 머물러 있다면, 자신이 그리는 낙원은 반드시 찾아온다. 그와 반대로 몸이 낙원에 있지만 언젠가는 비참해질 것이라는 마음이 깨알만 하게라도 존재한다면 그는 그렇게 된다.

임신한 여인은 아이를 낳는다.

아이가 태어나면 뱃속은 텅 비게 된다. 아무것도 남지 않는다. 하다못해 아이가 머물렀던 흔적마저도 지워진다. 말끔히…… 모든 것이 사라진다.

마음이 이와 같아야 한다.

의살을 완벽하게 펼쳐 내려면 아이를 낳듯이 완벽하게 쏟아 내어야 한다. 마음 한구석에 아이의 숨결이라도 묻어 있다면 그것은 완전한 출산이 아니다.

아이를 낳았는데 아이의 흔적이 남아 있다? 말도 안 되지 않은가.

모든 사람이 말도 안 된다고 하면서 마음이 조화를 부리면 그런가 보다 하고 넘어간다.

너를 이긴다!

그 마음이 아이를 출산하듯이 완전히 뱉어져야 한다.

질지도 모른다는 마음이 티끌만치라도 남아 있어서는 안 된다.

츠으웃!

그는 의살을 거뒀다.

소허태기의 강렬함이 악귀처럼 여겨졌다. 저런 힘이 들이닥치면 무엇으로 막을지 난감하다.

졌다!

서둘 필요는 없다. 방향을 하남성으로 돌린 이상 무총 본단으로 직행하는 것보다 훨씬 많은 시간을 벌었으니까.

2

무총주와 단차의 동행은 여러 문파의 촉각에 걸려들었다.

두 사람이 어깨를 나란히 하고 동행하는 것은 아니다.

단차는 세상을 유람이라도 하듯 유유자적 풍광을 즐긴다. 무총주는 드문드문 모습을 드러낼 뿐, 같이 동행한다기보다는 뒤를 봐주는 형국이다.

두 사람의 이런 모습은 곧 걸개들의 눈에 띄었다.

세상천지에 걸인 없는 마을이 없다. 걸인들치고 개방도가 아닌 사람이 없다. 하니 걸인의 눈에 뜨였다는 것은 개방 총단에 소식이 전해졌다는 뜻이다.

"이건 말이 안 됩니다! 총주께서 단차와 동행이라뇨. 무총에 정식으로 항의해야 합니다!"

"항의한다고 될 일인가! 우리 개방을 생각한다면 이리 하실 수는 없는 일이지 않나!"

"개방 같은 건 안중에도 없는 거죠!"

개방도는 너나 할 것 없이 분개했다.

하나 윗선으로 올라가면 이야기는 사뭇 달라진다.

"단차가 잡혔군."

"후후! 어떻게 요리하실지 궁금한데."

"이거 구경이라도 가야 되는 거 아냐? 포박당하지 않은 채 끌려가는 놈이라…… 재미있지 않겠어?"

그들은 무총주와 단차에게 얽힌 진실을 읽어냈다.

그 위로 조금 더 윗선에 올라가면 심사가 아주 복잡해진다.

'단차가 무총주에게 잡혔다……. 하면 걸왕들의 희생은 무의미한 건가. 괜히 사지로 몰아넣은 건가…… 이런 걸 예상하지 못한 바는 아니지만…….'

'걸왕들이 맥없이 물러서지는 않았을 게야. 그럴 거였다면 하다못해 연통이라도 넣었을 터. 뭔가 있다는 건데…… 이놈들, 이럴 때 연락이라도 줄 것이지.'

'걸왕을 믿자. 무림이 밑바닥에서부터 흔들리지 않은 한은 승산이 없다. 지금은 참아야 할 때…….'

용두방주는 누구에게 말을 할 수도 없다. 혼자서 속으로 생각하고 속으로 결정을 내리는 수밖에 없다.

모두들 그의 입을 주시한다.

단차가 세상에 모습을 드러낸 이상 개방도 모종의 행동을 취해야 한다.

타구진이 몰살당한 원한은 영혼이 구천에 떠돌아도 잊지 못할 것이다. 하니…… 어떻게든, 또다시 타구진이 몰살당하는 한이 있어도…… 원한은 갚아야 한다.

용두방주는 갈망 어린 눈동자를 외면했다.

"모든 제자에게 주의를 주어라. 절대 망동하지 말라. 눈으로 보고 귀로 듣되, 절대 움직이지 말라!"

*   *   *

다른 사람들도 봤다. 주루에서 술을 마시던 취객들이 봤고, 추운 바람에 옷깃을 부여잡고 호객 행위를 하던 여인네들이 봤고, 나그네의 주머니를 노리는 수투(手偸)들이 봤다.

개방과 더불어서 세상에서 가장 방대한 두 조직을 구성하고 있는 하오문도 두 사람의 동행을 파악했다.

그들이 파악한 것은 개방이 파악한 것과 다르지 않다.

단차가 무총주에게 잡혔다.

오라를 씌우지 않고 족쇄를 채우지 않았다 뿐이지, 단차의 모든 행동은 무총주의 손아귀에서 좌우된다.

무총주는 종종 단차 앞에 나타난다.

그럴 때마다 단차는 찍 소리 한마디 못하고 묵묵히 이야기를 듣는다고 한다.

상황이 이렇다면 단차의 운명은 끝났다고 봐도 과언이 아니다.

무림을 대혼란으로 몰아넣던 단차 사건은 이렇게 마무리되어 간다. 그는 결국 무총 어딘가로 압송될 것이고, 이름없는 골짜기에서 소문도 없이 죽어갈 게다.

이제 남은 건 단차의 수하들이다.

그들은 아직도 막강한 세력을 구축하고 있다.

"참으로 묘한 조합이 아닌가?"

단차의 수하들을 보고 이런 말을 하지 않는 사람이 없다.

시각랑과 살림 살수들은 이해할 수 있다. 그들은 단차와 같은 부류다. 서로의 생각과 행동을 이해할 수 있고 얼마든지 동참할 수 있는 위인들이다.

걸개 여덟 명은 도저히 이해되지 않는다.

그들에 대해서 세상에 알려진 것이라고는 개방 무공을 훔쳐 배웠다는 정도가 고작이다.

하지만 그 말을 곧이곧대로 믿는 사람은 없다.

먼저 훔쳐 배운 무공치고는 너무 뛰어나다.

개개인의 무공이 모두 개방 장로와 버금간다. 훔쳐서 배운 무공으로 오랜 세월 동안 오로지 개방 무공에만 매진해 온 장로들과 어깨를 나란히 할 수 있다는 건 납득하기 어렵다.

그들은 개방 무공을 정통으로 수련했다고 봐야 한다.

두 번째로 그들에 대한 개방의 조처가 매우 미흡하다.

무림은 자파의 무공을 도둑질해 간 자에 대해서는 아주 단호한 조처를 취한다.

심하게 말하면 살인을 한 자보다도 더 잔혹하게 처리한다.

무공 유출은 비전(秘傳)을 원칙으로 하는 무림 통규상 가장 꺼려하는 부분이다.

한데 개방은 그들이 단차와 함께 있다는 이유를 들면서 아무런 조처도 취하지 않았다.

그들과 단차를 같은 선상에서 처리한다.

타구진을 붕괴시킨 단차와 무공을 훔쳐 배운 결왕들이 같이 뭉쳐 있으니 처리도 같이 한다.

개방이 내세운 명분은 타당해 보인다.

천만에! 개방은 누가 봐도 뒤로 한발 물러서 있다.

무공이 외부로 유출되면 문파의 존립이 위태롭다. 한시라도 빨리 무공을 회수하는 길밖에 다른 길이 없다. 개방이 이를 모르지 않을 텐데 어찌 나중에 처리하겠다는 등 말 같지도 않은 흰소리를 늘어놓을 수 있단 말인가.

결왕들과 개방은 밀접한 관계가 있다.

단차의 수하로 행동을 같이하고 있는 금룡대도 의문을 자아
낸다.

일단 금룡대 무인들은 생각하지 말자. 금룡대를 이끌고 있
는 금룡대주만 생각하자.

그의 무영멸절퇴(無影滅絶槌)는 강호 일절이다.

그의 직위는 북지단에서는 말단에 해당하는 금룡대주이다.
하나 무공은 북지단 내단주나 외단주에 비해서 떨어짐이 없다
는 것은 무림 동도라면 누구나 인정한다.

북지단주가 직접 초빙하지 않았다면 북지단에 몸을 담지도
않았을 고고한 사람이기도 하다.

그런 사람이 왜 단차와 행동을 같이하는 것일까?

늘그막에 망령이 들었나? 아닌 밤중에 홍두깨라고 느닷없이
화산에 나타나 청진자를 죽이고 사라져? 아니, 본격적으로 단
차의 수족 노릇을 해?

절대 그럴 리 없다.

금룡대주가 단차를 따라 살행(殺行)에 뛰어들 때는 충분한
이유가 있으리라.

더욱 가관인 것은 북지단의 태도다.

그들은 금룡대주의 이탈을 방관했다.

물론 그들에게도 이유는 있다. 무총주가 단차에게 북지단주
와 견줄 수 있을 만한 지위를 파격적으로 부여하는 바람에 상
관할 수 없었다고 한다.

무총주의 명령이 절대적인 것은 사실이다.

그렇다고 정말 북지단주가 아무런 힘도 쓸 수 없었을까? 북무림이 난장판으로 변했다. 수많은 사람들이 죽었다. 그러는 동안 멀거니 뒷짐 지고 지켜본 게 과연 최선일까?

단차를 따르는 사람들 중에 걸왕과 금룡대는 가장 이해가 안 된다.

개방은 개방 나름대로, 무총은 무총 나름대로 모종의 속셈이 있다고 봐야 한다.

밀명(密命)!

그렇다! 밀명을 받았을 경우에만 이런 일이 벌어질 수 있다!

"아무도 모르는 곳에서 잔치판을 벌이고 있었군. 모르는 사람들은 무엇을 즐기는 잔치판인지도 모를 것이고…… 자기들끼리만 즐기고 있었던 게야. 후후후!"

하오문주는 호두 두 알을 달그락, 달그락, 만졌다.

북무림이 초토화되었다.

전쟁이라는 악마가 할퀴고 지나갔을 때처럼 여기저기 피가 묻지 않은 곳이 없다.

개방과 무총은 무림을 그렇게 만든 원흉에게 강력한 살인병기 하나씩을 안겨주었다. 만인의 지탄은 아랑곳하지 않고 대담하게 떠넘겼다.

그럴 만한 이권이 보장되기에 취한 행동이리라.

그는 본능적으로 아주 맛난 먹잇감이 임자없이 떠돌고 있다는 사실을 깨달았다.

현재 단차는 무총주와 함께 있다. 무총주에게 잡혔다. 놈의 생명은 이미 끝났다. 무총주가 바싹 따라다니고 있으니 제아무리 영악한 놈이라도 빠져나올 수 없다.

그렇다면 금룡대는 할 일을 마쳤으니 빠져나왔어야 한다. 어떤가? 그들이 빠져나왔나?

그들은 여전히 시각랑과 어울려 다닌다.

아직도 뭔가가 남아 있다.

"단차에게 애들을 붙여봐."

"붙여봤는데…… 안 되던데요."

"해보기는 해봤어?"

"접근 자체를 할 수 없다니까요."

"기방(妓房)에 사람이 그렇게 없나?"

"사람이 많으면 뭘 해요, 그놈이 돌부처인데."

"돌부처?"

"그놈은 사내가 아닌지 여자를 쳐다보지도 않아요. 바지를 벗기고 불알이 달렸는지 확인해 봐야 되나?"

"악소화 때문에 그런 거 아냐?"

"에이, 그거하고 이거하고 같나요. 그럼 마누라 있는 놈은 평생 오입질 한 번 못하겠네요?"

하오문주는 다시 호두를 달그락거렸다.

사내가 마음대로 건드려도 좋을 여자를 건드리지 않을 때는 반드시 이유가 있다.

사내도 정절을 중시하는 부류가 있다.

그런 놈들은 어떤 계기가 주어지지 않는 한은 기방 출입을 하지 않는다.

뚜렷한 목적이 있을 때도 여자를 상대하지 않는다. 생사가 좌우되는 마당에 오입질이나 하고 있을 멍청한 놈은 없다. 또는 일확천금(一攫千金)의 기회가 눈앞에 있어도 마찬가지다.

사내라는 동물은 천성적으로 여자를 좋아한다.

여자를 거들떠보지도 않는다? 놈은 어떤 부류일까?

하오문주는 한동안 호두만 만지작거렸다.

"투방(偸房)은 어때? 그쪽도 안 되나?"

"놈한테 다가갈 수가 없다니까요. 쥐도 새도 모르게 살짝 다가간다고 갔는데, 놈과 눈이 딱 마주치더랍니다."

"누가?"

"소면신투(笑面神偸)가요."

달그락! 달각! 달각!

호두 소리가 요란하게 울렸다.

소면신투조차 놈에게 다가서지 못했다면 하오문에서는 그를 건드릴 수 있는 사람이 없다.

하오문주의 머릿속에 몇몇 인물이 후딱 스쳐 갔다.

키 작고…… 여우 족제비처럼 생겼고…… 눈치는 여간 빠르지 않고…… 손은 무지무지하게 빠르고…….

'오목!'

그는 계야부라는 자를 따라서 무림 깊숙이 들어갔다.

한때는 이리저리 좌충우돌하더니 동정호 비궁에 틀어박혀 무공을 수련한 모양이다.

오목은 시각랑과 밀접한 연관이 있다.

"오목이 어디 있는지 찾아봐."

"오목요? 환수 말입니까? 그놈은 이미 파문을……."

"알아봐. 동정호에서 검산과 싸울 정도라면 상당한 무인이 되었다는 건데…… 그 후로 별다른 소식이 없지?"

"사색신녀와 함께 모습을 보인 후로는……."

"아! 사색신녀!"

하오문주는 눈을 크게 떴다.

오목만 생각했는데, 사색신녀까지 있었다.

중원사대기녀에 포함될 정도로 출중한 미모를 지녔고, 사내의 혼백을 빼앗는 유마심안까지 수련했다.

그 둘이면 단차를 건드려 볼 수 있지 않을까?

"어디 있는지 알아봐! 지금 당장!"

명령을 내린 지 일각도 지나지 않아서 두 사람에 대한 정보가 수집되었다.

"동지단까지 마차로 내처 달린 모양입니다."

"뭐 하러?"

"아무 목적도 없습니다."

'그럴 리가?'

하오문주는 고개를 갸웃거렸다.

"간단한 성동격서(聲東擊西) 아니었나 생각하지만…… 성동격서라면 목표가 있어야 하는데……."

"목표가 없었군."

"네."

"오목과 사색신녀는 동지단으로 가고…… 그때 또 누가 같이 있었던 것 같은데?"

"무혼이라고 알려진 일력광겸과 사사표풍이 있었죠."

"음! 그들은 어디로 갔어? 서지단?"

"네."

"맞아. 그러고 보니 그런 보고를 들은 기억이 나."

하오문주는 고개를 끄덕였다.

동정호에서 검산을 깨뜨린 사약란이 어떤 행보를 보일까?

이는 단연 무림의 관심사였다.

모두들 그녀를 지켜봤다. 사약란이 어디로 움직일지, 어떤 행보를 보일지 주의 깊게 살폈다.

무총으로 돌아갈 것인가, 안선을 이 잡듯 뒤질 것인가.

그녀의 행보에 따라서 무림이 조용할 수도, 피바람이 몰아칠 수도 있었다.

두 대의 마차가 출발했다.

하나는 동지단으로, 다른 하나는 서지단으로 흘렀다.

그때 동지단으로 간 사람이 오목과 사색신녀다.

마차 안에 누군가 있을 줄 알았는데 아무도 없었다. 텅 빈 마차를 끌고 멀고 먼 길을 달려간 것이다.

서지단으로 마차를 몬 일력광겸과 사사표풍도 같다. 그들의 마차에도 사약란은 타지 않았다.

사약란이 감쪽같이 사라졌다.

모두들 한때는 이게 무슨 일인가 싶어서 눈에 불을 켜고 찾은 적도 있지만…… 지금은 그 누구도 그녀의 행보에 대해서 관심을 갖는 사람이 없다.

그녀는 조용했다.

어디선가 무공을 수련하고 있는 게 틀림없어 보인다.

무인이 무림에서 사라질 때는 새로운 무공을 연공하거나 죽었거나 둘 중의 하나뿐이다.

"그들을 데려와."

"데…… 려와요? 그들을요?"

수하들이 무슨 어처구니없는 말이냐는 듯 눈을 말똥말똥 뜨고 쳐다봤다.

'이런!'

하오문주는 자신의 실언을 깨닫고 호두를 따르륵 굴렸다.

이미 그 두 사람은 자신이 명령할 수 있는 입장이 아니다.

그들이 마음만 먹으면 하오문을 쑥대밭으로 만들 수 있다. 물론 하오문도 만만하게 당하지는 않겠지만, 검산을 무너뜨린 무공이니 피해가 여간 크지 않을 것이다.

파문한 놈을 곱게 맞이하는 건 언짢은 일인데…….

"내 이름으로 초빙해."

"초빙입니까?"

"정중하게."

"그렇다고 올까요? 거절하지 못할 정도로 큼직한 미끼를 내놓아야 될 것 같습니다만."

"미끼까지 내놓아야 하나?"

"검산을 무너뜨린 무공입니다."

"둘 다 그렇지?"

"저희 하오문에서는 단연 최고수죠."

달그락! 달그락!

호두 부딪치는 소리가 규칙적으로 울렸다.

"옛 친구…… 옛 친구로 불러."

"하오문의 친구입니까?"

"그만하면 되지 않아?"

"그게 아니라 그건 너무 센 것 같아서……."

"그렇게 해."

하오문주가 눈살을 좁히며 말했다.

하오문주의 친구는 하오문도뿐이다.

하오문도가 아니면서 하오문의 친구로 인정받는 경우는 지극히 드물다.

하오문이 친구라고 인정하면 하오문도가 누리는 모든 권한을 문도처럼 사용할 수 있다. 사실적으로 문도도 아니면서 오목과 사색신녀가 누렸던 권한만 인정해 주는 격이 된다.

중원 모든 마방의 말들을 무임으로 빌려 탈 수 있다.

중원에 산재한 모든 기방과 주루를 마음대로 사용할 수 있고, 밑천 없이 도박도 즐길 수 있다.

오목과 사색신녀는 이미 검에 목숨을 건 무인이 되었으니

관심도가 얼마나 높을지 모르겠지만…… 일반 파락호들에게
는 그야말로 극락을 떠안긴 것과 같다.

세상에 둘도 없는 왕 노릇이다.

하오문주는 그래도 부족하다고 봤다.

무총주는 금룡대주와 금룡대를 내놨다.

개방은 장로와 견줄 수 있는 무인을 여덟 명이나 던졌다. 실
제로 장로 여덟 명을 내놓은 것이나 다름없다. 아니, 세상에 알
려지지 않은 자들이라는 점에서 효용도가 훨씬 높다.

그들에 비하면 매일 몇 푼 은자 던지는 정도는 약과다.

하오문주는 다음 투자를 생각했다.

'오목과 사색신녀라면…… 그래, 그들이라면 단차에게 붙
을 수 있을 거야. 자! 다음은 무엇을 한다? 개방과 북지단이 놈
에게서 뭘 빼먹으려고 했는지 알아야 되는데…….'

그의 머릿속이 반짝반짝 빛을 토해냈다.

3

쒜엑! 쒜애애액!

보보(步步)마다 암기 세례다.

암기 무더기가 예상치 못한 곳에서 불쑥불쑥 쏟아져 나올
때마다 모골이 섬뜩 곤두선다.

무전각 무인들은 좀처럼 나아가지 못했다.

"자존심 상하는데!"

"참아라. 자존심이 목숨보다 중하냐."

"제길! 다른 방법이 정말 없는 건가."

"총주님을 보호하기 위해 만든 건데 길이 있겠어? 우리 같은 놈한테 뚫린다면 그게 더 문제지."

"그러니까 더 해보고 싶단 말이지."

"그럼 해보던가."

애초부터 팔팔 끓는 투지를 가지고 전념으로 뚫겠다는 생각 따위는 하지 않았다.

조심해서 들어간다.

안에 숨어 있는 놈들만 처리한 후, 재빨리 빠져나온다.

이것이 무전각 무인들의 생각이었는데…… 가산은 장난이라도 하느냐는 둥 발길을 불허했다.

그들은 이틀 동안 가산 입구만 배회했다.

"사방에서 몰아쳤습니다만……."

"뚫지 못했는가?"

"예."

무전각주는 고개를 끄덕였다.

무총주를 위한 연공실이다. 천하제일인의 안위를 도맡고 있는 기문절진이다. 무전각 무인들이 하루 이틀 사이에 뚫을 수 없는 건 당연하다.

"피해는?"

"워낙 주의를 기울였기 때문에 경미한 수준입니다. 하지만 이대로 돌파를 강행한다면…… 모르긴 해도 절반 정도는 살상되지 않을까 생각합니다.”

“물려라.”

“예?”

“모두 물려.”

무전각주는 퇴각을 명했다.

가산에는 무총사군이 들어가 있다. 그들이 가신에 진입할 때, 기관진식은 발동되지 않았다. 기관을 알고 들어갔다고밖에 설명할 수 없는 부분이다.

그렇다면 그들은 누구에게서 기관진식을 들은 것일까?

공자(公子)!

무총사군이 동원되었다. 무총에 선제공격을 가했다.

이제 무총사군과 무총은 같은 하늘 아래에서 공존할 수 없는 관계가 되었다.

무총사군은 누구의 명을 받고 공격을 시작했는가. 공자다.

명령 체계가 이러하니…… 공자 또한 무총과는 길을 달리할 수밖에 없다.

이제 무총은 무총사군과 공자를 보는 즉시 참살할 것이다.

공자 입장에서 보면 이제 더 이상 무총의 눈치를 살필 필요가 없어졌다.

아는 것은 마음껏 이용한다.

가산의 기관진식을 알고 있다? 그러면 이용한다.

무총의 약점을 꿰고 있다? 언젠가는 이용할 것이다.

이제 공자는 무총의 어떤 제재나 공격도 아랑곳하지 않는다.

공자는 전면전을 선포했다.

조손 간의 혈육의 정을 스스로 끊었다.

그는 무총의 후계자가 될 수 있었으나 이제는 죽고 죽이는 일만 남았다.

미치지 않고서야 벌일 수 없는 일인데…… 무엇이 그를 이토록 절박하게 만든 것일까?

무전각주는 원인을 생각하지 않는다.

패악무도한 살인자에게도 이유는 있다. 뇌옥에 갇힌 마인들을 심문해 보면 모두 다 그럴싸한 이유를 늘어놓는다. 개중에는 정말 피치 못한 경우도 있다.

사정을 파악하기 시작하면 끝이 없다.

그는 검을 들고 일어섰다.

"내가 간다."

"저희가 따르겠습니다."

부전주들이 같이 일어섰다.

무전각주는 고개를 끄덕였다.

가산을 무력으로 뚫고 들어가자면 아주 큰 힘이 필요하다.

생각해 보라. 무총주를 노릴 정도의 암살범이라면 무공이 어느 정도이겠는가.

무전각주를 훨씬 능가할 것은 분명하다.

무전각주조차도 가산을 단신으로 뚫고 들어갈 수 있다는 생각은 하지 않는다. 부전주들의 도움을 받고, 비목대의 도움도 받고…… 도움받을 수 있는 모든 사람을 동원해야 한다.

그는 성큼성큼 걸어나갔다.

"이것이 기진도(奇陣圖)입니다."

비목대주가 가산 지형도를 펼쳤다.

"녹색 선이 기진의 흐름이고, 홍색 점이 암기, 파란 점은 기관 작동 지점입니다."

"으음!"

무전각주는 신음했다.

가산은 그리 높지 않은데 녹색 선은 거미줄처럼 엉켜 있다.

"이게 무슨 진인가?"

"글쎄요…… 굳이 말하자면 '모든 진' 이죠."

"모든 진?"

"지금까지 알려진 진이란 진은 모두 망라되어 있는 것 같습니다. 단독으로 펼쳐진 것은 하나도 없고, 가장 가볍다는 것이 두세 개가 동시에 얽혀 있어요."

"진로(進路)는?"

"없습니다."

"들어간 사람이 있거늘."

"허점이 있겠죠. 하지만 저희 비목대에서는 이 기진도를 어제서야 처음 받아봤습니다. 하루 사이에 기진도가 풀릴 것이라고는 생각하지 않으셨겠죠?"

"며칠이면 될 것 같은가?"

“글쎄요.”

무전각주는 고개를 내둘렀다.

비목대가 못나서 파해를 하지 못한 게 아니다. 가산에 설치된 기진이 파해되지 못하도록 설계된 것뿐이다. 그것도 무총주가 직접 손댄 것이니 쉬울 리 없다.

“비목대에서 파진에 능통한 자를 선발해 주게.”

“직접 데려갈 생각이십니까?”

“몸으로 부딪치면서 하나하나 깨나가는 수밖에.”

“하면 저도 가지요.”

“그럴 텐가?”

“후후후! 이 기진도를 보고 피가 끓지 않는다면 학문을 했다고 할 수 없을 겁니다. 저 가산에 정말로 이런 진형이 펼쳐져 있는지 확인해 볼 생각입니다.”

“그럼 준비하게.”

“준비랄 게 뭐 있습니까?”

비목대주가 두 손을 들어 보였다.

가져갈 건 없다. 육장(肉掌)만 있으면 된다. 허리에 검 한 자루 차고 있지만 그가 검을 뽑을 일은 없다. 그보다는 목 위에 달린 머리 하나만 있으면 된다.

더욱이 그는 무전각주를 만나러 올 때 몇 사람을 대동하고 왔다.

소매와 바짓가랑이를 단단하게 묶은 것으로 보아서 몸을 날렵하게 쓸 요량이다.

가산으로 함께 갈 사람들이다.

비목대주는 무전각주가 청하지 않았어도 가산으로 함께 갈 생각이었다.

"가지."

무전각주가 앞장섰다.

"암기입니다."

"어디, 어느 정도인지 볼까? 예상은 어떤가?"

"암기보다는 절진이 문제입니다. 암기에 정신을 팔린 사이에 발을 잘못 디디면 난석진(亂石陣)에 걸립니다. 난석진을 벗어나면 독무(毒霧)가 피어날 것이고…… 피하는 게 좋겠는데요."

"돌아갈 길은 있나?"

"없습니다."

"앞으로는 돌아갈 길이 없으면 제안도 하지 말게."

"그러지요."

비목대주가 싱긋 웃었다.

무전각주는 암기가 쏟아질 것이라고 예상하면서 발을 내딛었다.

그의 발이 졸졸 흐르는 계류(溪流)를 건너는 순간,

왜애애앵! 왜애앵……!

멀리서 매미 수천 마리가 일제히 날개를 퍼덕이는 듯한 소리가 울렸다.

'십자표(十字鏢)!'

　십자표를 한두 개 정도 던지면 바람 가르는 소리가 난다. 십여 개 정도를 한꺼번에 던지면 파라락! 홰치는 소리가 난다. 수십, 수백 개를 일제히 쏘아내면 현(弦) 퉁기는 소리가 난다.

　쒜엑!

　무전각주는 급히 신형을 쏘아냈다.

　타타타탁! 타타탁! 타타타탁!

　그가 피하자마자 방금 전까지 서 있던 자리에 시커먼 벌 떼들이 내려앉았다.

　도끼로 장작을 패는 듯한 소리가 울렸다. 쇠붙이와 쇠붙이가 뒤엉키며 불똥을 튀겨냈다.

　우릉! 우르르르릉!

　기분 나쁜 소리와 함께 지축도 뒤흔들렸다.

　비목대주가 경고한 난석진이다.

　난석진은 종류가 상당히 많다. 팔괘진(八卦陣)의 형태를 띤 미로진(迷路陣)이 있는가 하면, 기관으로 작동되는 돌무더기 공세도 난석진으로 부른다.

　비목대주가 말한 것은 아마도 후자였던 모양이다.

　우르르르릉!

　지축을 뒤흔드는 소리가 점점 가까워졌다.

　쒜에엑!

　무전각주는 또다시 신형을 쏘아냈다.

　우르르릉! 꽈꽈꽈꽝!

가산 정상에서 굴러 내린 돌무더기가 거대한 계곡을 만들면서 굴러 떨어졌다.

그것으로 끝이 아니다.

돌무더기는 뿌연 흙먼지를 일으켰다.

아주 당연한 현상이다. 계곡을 휩쓸면서 내려왔으니 흙먼지가 피어나는 것은 지극히 정상이다. 나무도 뿌리째 뽑히고, 땅에 박혀 있던 바위가 캐내지는데 먼지가 피어나지 않을 리 없다.

'흡!'

무전각주는 급히 호흡을 멈췄다.

비목대주가 사전에 경고하지 않았다면 일차 기습은 피했거니 하고 안심했으리라.

<u>쓰으으!</u>

흙먼지가 피부에 닿자 뜨겁고 아픈 통증이 치민다. 살이 발갛게 달아오르는가 싶더니 이내 물집이 잡힌다.

흙먼지는 지독한 극독이었다.

암기군(暗器群)을 서른 개 정도, 기관에 의해 발동되는 기습도 십여 개 정도를 넘어섰다. 하나같이 등에 식은땀이 배일 정도로 위험천만한 공격이 연속적으로 펼쳐졌다. 그리고,

쒸익! 사각!

무전각주의 검이 가산에 들어서고 처음으로 사람의 살을 갈랐다.

굵직한 강전(鋼箭)이 소나기 퍼붓듯 쏟아지고 난 다음에 불쑥 나타난 무인.

그는 모습을 드러내는 순간부터 자신의 죽음을 예감한 듯했다. 그의 상대가 무전각주라는 사실도 알고 있었으며, 뒤따르는 사람들이 무전각이 부전주들이라는 사실까지도 알고 있었다.

그는 무총의 무인이었다.

무전각주의 검이 그의 심장을 갈라냈을 때, 그는 빙긋 미소를 지으며 쓰러졌다.

할 일을 마쳤다. 이제 홀가분하다.

그는 비명조차 토해내지 못하고 쓰러졌다. 하지만 싸늘하게 식어가는 얼굴에는 편안함이 가득했다. 그가 어떤 마음으로 죽어갔는지 살펴보는 것은 그리 어렵지 않았다.

"청살군인가……."

무전각주가 독백처럼 중얼거렸다.

"청살군인지 백살군인지는 모르지만 모두 일흔 명이라는 건 확실합니다."

비목대주가 가까이 다가서며 말했다.

"홍살군과 흑살군이 난리를 피우는 동안에 본단에서 감쪽같이 증발해 버린 무리가 있었죠. 그들의 숫자를 헤아려 봤는데 딱 일흔 명이더군요."

비목대주가 죽은 자의 눈을 쓸어내렸다.

"일흔 명. 꽤 많군."

“공자의 불만이 꽤 타당했던 모양입니다, 동조하는 무리가 많은 걸 보면.”

“쓸데없는 소리!”

“하하! 전 비목대주입니다. 비목대주가 이 정도의 말도 못한대서야…… 안 그렇습니까?”

“늘 혀는 살신지화를 부르는 법이니.”

무전각주가 검에 묻은 피를 땅에 확 뿌렸다.

비목대주는 주위를 쓸어보며 말했다.

“이곳 지형으로 보아서 은신할 만한 곳은 아니고…… 왜 숨어 있었을까?”

“암기 발사는 아닙니다. 방금 전에 쏟아진 강전은 기관으로 발사된 것입니다.”

비목대주를 뒤따르던 사내들이 입을 열었다.

“진을 가동시키는 임무를 맡았을 겁니다.”

“이 강전은 최근에 만들어진 겁니다. 총주님께서 만드신 기관이 아니라 새로 보강 설치된 것으로 보입니다.”

그들은 누가 먼저라고 할 것도 없이 자신이 보고 느낀 것을 솔직하게 말했다.

비목대주가 북지단 만총림을 운영할 때 사용하던 방법이다.

그는 언제나 자신의 능력에는 한계가 있다고 생각해 왔다.

자신도 뛰어나지만 그렇다고 세상 모든 것을 환히 꿰고 있지는 못하다.

혼자서 생각하는 것보다는 여러 사람이 머리를 맞대고 의논

하는 편이 낫다. 그러다 보면 자신이 미처 생각하지 못했던 부분이 불쑥 돌출될 수도 있고, 혼자서 생각하면 시간이 오래 걸릴 일도 순식간에 찾아낼 수 있다.

전대 비목대주와는 전혀 다른 운용 방침이다.

그가 가산에 올 때 자신의 분신이라고 할 수 있는 지자들을 끌고 온 것도 그 때문이다.

과연 그들은 비목대주의 기대를 저버리지 않았다.

그들이 말한 것들은 거의 대부분 비목대주도 생각했던 것이다.

강전을 보면서, 무인이 나타나는 것을 보면서 예전에 기관이 아니라 새로운 기관임을 찾아냈다.

비목대 지자들은 그가 알고 있는 내용을 대신 말한 것에 지나지 않는다.

그러면 어떤가. 이래도 좋다.

자신이 파악한 것을 확인한다는 측면에서 다른 사람의 의견에 귀 기울일 필요가 있다.

무전각주가 말했다.

"이들이 새로운 진을 운용한다는 말인가?"

비목대주는 빙긋 웃으며 대답했다.

"전부 다는 아닐 겁니다. 이곳이 아무리 험하다고 해도 일흔 명이나 진을 운용할 만한 곳은 없어요. 기껏해야 스무 명 정도? 나머지는 그들을 보호하는 게 임무일 겁니다."

"이놈은 청살군인가?"

무전각주가 죽은 자를 검으로 가리키며 말했다.

"그럴 겁니다."

"이놈이 진을 발동시킨 것인가?"

"그렇습니다."

"그럼 청살군이 스무 명, 백살군이 오십 명이라는 소리군. 백살군은 청살군을 호위한다면서……."

비목대주가 말뜻을 알아들었다는 듯 고개를 끄덕였다.

"이곳보다 훨씬 중한 곳이 있겠죠. 백살군은 그곳에 있을 겁니다. 아마도 진의 최중심처……."

"연공실?"

"현재 연공실에 누가 들어 계시는지 아시는지?"

"……."

"소저께서 계십니다."

"알고 있다."

"소저께서 계신 곳을 무총사군이 에워쌌다. 이거 이상하지 않나요?"

"공자가 그럼!"

"할아버지께 반기를 든 것뿐만 아니라 골육 간에 정말 못할 짓을 하고 있지 않나 생각됩니다."

무전각주는 크게 놀라지 않았다.

무총사군이라고 불리는 자들이 반기를 들었을 때부터 어느 정도는 예상하고 있던 터이다.

그들은 본단 무인들의 발등에 빨갛게 달아오른 숯덩이를 떨귀놓았다.

가산에 신경을 쓰지 못하도록 사전 조처를 한 것이다.

무총사군은 이 일을 주도면밀하게 준비했다.

가산에 들어와서 필요한 조처를 취하는 데 시간이 얼마나 필요한지 계산했고, 무총 본단 무인들의 이목을 이틀 정도는 붙잡아두어야 한다고 판단했다.

무총에는 기라성 같은 고수들이 즐비하다.

비목대주를 비롯해서 한눈에 사태를 읽어내는 현자가 수두룩하다.

그들의 이목을 모두 속이기 위해서는 한눈팔 수 없는 참담한 죽음이 준비되어야 한다.

홍살군과 흑살군이 그 역할을 맡았다.

그동안 백살군과 청살군은 차분히 가산으로 침입하여 필요한 조처들을 취했다.

이제 그들이 어떤 준비를 했는지 몸으로 겪게 되리라.

첫 번째는 지나왔던 길과 별반 다르지 않다.

암기도 기관도 특별하지 않다. 약간 더 치밀하게 보강되었다는 느낌은 들지만 발길을 막을 정도는 아니다.

"이들이 길을 막는 것은……."

"소저의 연공과 관계가 있을 겁니다."

"연공실을 몰라서 하는 말 같은데…… 그곳에는 아무도 들어가지 못한다."

"세상에 절대라는 말은 없는 법이죠."

비목대주는 그 말을 하면서 한 사내를 떠올렸다.

단차!

놈은 정말 불가능을 모른다. 놈이 한 일을 보면 언제나 '이건 말도 안 돼!' 라는 소리가 절로 나온다.

그런 놈이 가산에 침입했다면 연공실이 아니라 연공실 할아비라도 뚫리고 만다.

더욱이 공자는 가산이나 연공실에 대해서 환히 알고 있다.

절대 들어가지 못한다? 그 말은 너무 어설프다.

"저흰 이틀 동안 발이 묶여 있었어요. 무총사군이 동원될 때 공자께서 일을 벌이셨다면…… 아마도 지금쯤은 너무 늦지 않았을까요? 물론 제 생각입니다만."

무전각주는 전혀 당황하지 않았다.

그는 누가 어떤 일을 당해도 자신이 할 일만 하면 된다는 듯 무심한 태도로 말했다.

"이제 어디로 가나!"

"곧장 가면 삼 장쯤에 노방(路傍)이 있을 겁니다. 돌아가면 홍색 점이 두 개이니……."

"곧장 간다."

비목대주가 말했다.

"무총사군이 준비한 게 본격적으로 나타날 겁니다. 단단히 준비하시는 게…… 하하하!"

第百四十三章
배신(背信)

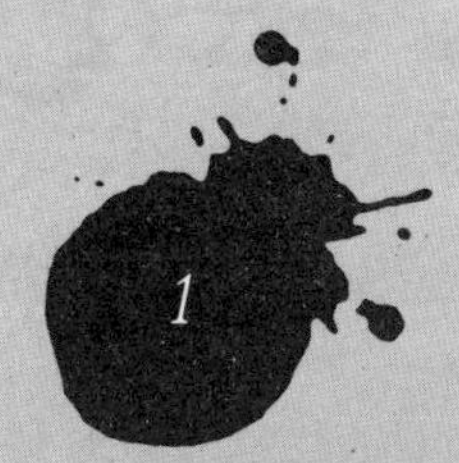

츠으읍! 츠으으읍!

사일도의 무공은 한시가 다르게 도약했다.

아침과 저녁이 달랐다. 한 시진 전과 지금이 달랐다. 호흡을 들이마시기 전과 내뱉은 후가 달랐다.

사일도의 몸에서 빙정과 화화구중은 완벽하게 빛났다.

음과 양의 상서로운 기운이 전신을 에워쌌고, 천하제일공으로 우뚝 선 소허태기가 휘황찬란한 광휘를 뿌려냈다.

'구성!'

사약란은 놀라움에 눈을 부릅떴다.

몸 안의 기운이 칠색 무지개가 되어 상서롭게 뻗쳐 나오면 구성의 경지에 이른 것이다. 이 모든 색이 하나로 합해져서 무색이 되면 십성에 이르니 천하에 적이 없다.

그녀가 알고 있는 지식이 눈앞에서 현실로 펼쳐졌다.

사일도는 단숨에 구성의 성취를 이뤄냈다.

아름답다! 너무 아름다워서 손으로 만져 보고 싶다. 칠색 무지개 속에 뛰어들어 헤엄치고 싶다.

포근할 것 같고, 물살을 만질 때처럼 찰랑일 것 같고……

소허태기는 위험하다기보다는 아늑하다는 느낌이 든다.

그녀가 수련한 소허태기는 강했다. 너무 강렬해서 인성마저 뒤흔들 지경이었다. 사람이 아닌 것 같았다. 육신 전체가 쇳덩이로 변해가는 느낌이라면 설명이 될까?

그런데 사일도의 소허태기는 부드럽고, 아름다우며, 현란하다.

모르는 사람이 봤다면 며칠 전만 해도 일, 이성의 성취밖에 없었다는 사실을 전혀 믿지 않을 것이다.

사일도는 단 며칠 만에 소허태기만으로도 세상을 진동시킬 만한 성취를 이뤄냈다.

이제 그의 적수는 할아버지밖에 없다.

동정호의 오대고수가 견줄 수 있을까? 안선 대공이면 상대가 가능할까?

그는 당대의 최고수를 적수로 거론할 자격을 얻었다.

사약란은 연공실 한쪽 구석에서 쭈그리고 앉아서 몸을 부들부들 떨었다.

내공이 빠져나간 그녀의 몸은 마른 장작과도 같았다.

윤기 흐르던 피부는 푸석해지고, 삼단 같던 머리칼은 까칠
해졌다. 얼굴에는 부스럼까지 돋았다.

사일도는 그녀의 내공을 바닥까지 싹 긁어갔다.

그녀의 육신은 무공을 모르던 시절보다도 더 피폐해졌다.

그때는 활용은 못했어도 화화구중이라는 영물을 몸에 안고
있었다.

지금은 아무것도 없다. 알맹이가 모두 빠져나가서 쭉정이나
다름없는 신세가 되었다.

그렇다고 후회하는 건 아니다.

후회가 극심하다고 해도 일은 이미 벌어졌다.

공기가 너무 뜨거워서 견딜 수 없다.

소허태기를 수련하는 사람에게는 더없는 보약이지만 사약
란처럼 내공을 잃은 몸에는 치명적인 독소로 작용한다.

동굴 벽에 몸을 붙이고 바위의 서늘한 기운이라도 받을까
했지만 암벽 역시 뜨겁기는 마찬가지다.

공기가 답답해서 숨이 막힌다.

가만히 있어도 땀이 빗물처럼 줄줄 흘러내린다.

"후우!"

사약란은 가급적 긴 숨을 쉬려고 노력했다.

스웃! 파앙!

하얀 섬광이 석벽을 향해 눈에 보이지 않을 정도로 빠르게
쏘아져 나갔다.

퍽! 퍽! 퍽! 퍽!

석벽은 연달아 둔탁한 소리를 냈다.

언제 누가 어떻게 후려쳤는지 모를 정도로 빠르다. 또한 오뢰장인(五雷掌印) 정도는 어린아이로 취급할 만큼 파괴력이 크다.

"흡!"

사약란은 급히 두 팔을 들어 올려 얼굴을 막았다.

얼굴 위로 모래알처럼 부서진 돌 부스러기가 우수수 떨어졌다.

"후후후!"

웃음소리가 들렸다.

아주 만족한 듯 강한 자신감이 들어 있었다.

사일도가 가부좌를 풀고 일어섰다.

그는 선인(仙人)의 풍모를 지녔다.

훤칠하고, 잘생겼고, 존귀한 기도가 은은히 뿜어져 나온다.

"고맙다."

사일도가 그녀에게 손을 내밀며 말했다.

사약란은 내민 손을 잡지 않았다.

그녀는 힘들게 몸을 일으킨 후, 뜨거운 석벽에 등을 기대고 앉아서 오라버니를 쳐다봤다.

"마지막 무공…… 뭐였어요?"

그녀의 음성은 용광로 같은 동혈을 단번에 식힐 정도로 차디찼다.

사일도는 무심했다.

"네가 준…… 소허태기다."

"알아요. 소허태기를 발출하기 전에 사용한 무공을 말하는 거예요. 뭐였죠?"

"무슨 말을 하는지 모르겠구나."

"소허태기는 화살, 화살을 날린 활이 무엇이었는지 묻고 있는 거예요. 뭐였어요?"

"나가서 이야기하자. 덥구나."

"오라버니."

사약란이 절망적으로 불렀다.

이번에도 사일도는 무심했다.

얼굴 표정에 희로애락(喜怒哀樂)이 묻어나지 않는다. 철가면을 쓴 듯 냉막하다.

이번에는 사약란도 감정을 떠올리지 않았다.

서로가 서로를 쳐다보되 남매 사이라고는 볼 수 없을 만큼 무덤덤했다.

"봤구나."

"……."

"너도 알고 있었구나."

"그 사람의 전부였거든요."

"맞다. 마지막으로 펼친 무공…… 귀영십삼식이다."

사일도가 순순히 시인했다.

"그 사람에게 준 게 아니라…… 이용한 거군요."

“귀영십삼식에는 아주 큰 결함이 있었다. 직충의 무공이니 속도나 파괴력 면에서는 나무랄 데 없다. 귀영을 일으키면 보이지 않으니 신의 무공이 된다. 세상에 이것처럼 뛰어난 무공은 없다고, 앞으로도 존재하지 않을 것이라고 단언한다.”

“결함이 뭐였죠?”

“진기가 흩어진다.”

“네?”

사약란은 이해할 수 없다는 듯 고개를 갸웃거렸다.

귀영십삼식은 계야부의 본신무공이었다.

다른 무공도 많았지만 근간을 이루는 무공은 사일도가 혼례 선물로 준 귀영십삼식이었다.

계야부는 귀영십삼식을 사랑했다.

진기가 흩어지는 현상은 한 번도 겪은 적이 없다. 당연히 결함이 있는 줄도 몰랐다. 그는 빙정을 넘겨주고 목숨을 잃는 마지막 순간까지도 귀영십삼식과 함께했다.

귀영십삼식은 수련 과정에서 자잘한 문제를 일으키기는 했지만 수련을 중지할 정도로 심각한 문제는 없었다.

“귀영십삼식이 천하의 절공이면서도 개똥밭에 뒹군 이유는 두 가지다. 하나는 제대로 이해하는 사람이 없었다는 것. 그만큼 무리가 현묘했는데…… 후후! 계야부는 깨닫더군. 솔직히 감탄했다. 하지 못할 줄 알았는데.”

할 말이 없다.

동정호 비궁에서 감지했던 불안감이 소록소록 피어난다.

자신에게 화화구중을 복용시킨 사람이 오라버니다. 계야부를 자신 곁으로 유인한 사람도 오라버니다. 비록 오라버니가 빙정을 투여한 사람이 안선 일교사라고 할지라도 이를 이용하여 그의 목숨을 빼앗은 사람은 오라버니다.

오라버니는 이 모든 일에 깊숙이 개입되었다.

이제 빙정과 화화구중은 오라버니가 가져갔다. 계야부에게 주었던 귀영십삼식도 오라버니의 몸에서 재현되었다. 아무도 들어올 수 없는 연공실에 불쑥 나타났다.

이러고도 오라버니의 의중을 모른다면 애써 무심한 척하거나 정말 돌머리일 것이다.

"귀영십삼식의 결함은 보완되었나요?"

"보완되었다."

"어떻게요?"

"제육식 기여백설(肌如白雪)은 진파가 살갗 밖으로 쏘아져 나간다. 살갗 표면에 흰 가루를 뿌려놓은 듯 희뿌연 막이 생기지."

"알아요."

"거기까지는 좋은데, 회수가 용이치 않다."

"……?"

사약란은 고개를 갸웃거렸다.

회수가 용이치 않다는 말은…… 살갗 표면에 충충이 감긴 진기의 막을 거둬들일 수 없다는 뜻이다. 즉, 기여백설을 시전할 때마다 내공을 잃는 결과를 가져온다.

정말 그렇다면 이야말로 치명적인 단점이다.

한데 계야부는 그런 말을 하지 않았다.

그는 제육식 기여백설을 넘어서 제십식 마의반와(螞蟻盤窩)까지 도달했지만 내공을 잃는다는 소리는 없었다.

"진기를 쏘아낼 수는 있지만 거둬들이는 통로를 찾지 못하는 거지. 후후후!"

살갗을 뚫고 나갈 수는 있으되 돌아오는 길이 없다?

진기가 살갗 표면에서 끊어졌다는 뜻이다.

하면 기여백설을 통해 형성된 진기의 강막도 제 위력을 보이지 못한다. 가벼운 권장(拳掌)에도 종이 가루처럼 산산이 흩어져 휘날릴 것이다.

그렇다면 무공 수련은 거기서 끝이다.

정말 그랬던 것인가?

계야부는 기여백설을 펼칠 때도 단전에는 항상 중심점이 있었다. 살갗 밖으로 쏟아져 나간 진파도 단전에 근원, 뿌리를 내린 채 단단히 고정되었다.

다른 사람은 왜 그렇게 못한 것일까?

계야부에게는 다른 사람들과 다른 점이 있었다.

빙정!

그의 단전에는 자신도 알지 못하던 거대한 힘이 웅크린 채 때를 기다렸다.

그 힘은 평상시에도 자신의 존재를 꾸준히 알렸다.

계야부의 진기가 남달리 강성했던 이유도 그것 때문이었고,

귀영십삼식을 습자지가 먹물 빨아들이듯 시원스럽게 습득한 것도 그것 때문이다.

오라버니는 그 점까지 확인했다.

이제 다 가졌다. 더 가질 것도 없다.

사약란은 오라버니의 한마디를 들었을 뿐인데, 그동안의 모든 경과가 한눈에 꿰어졌다.

"이제 그만 나가자."

"먼저 나가세요."

"혼자 뚫고 나가기는 너무 위험……."

"그때 말했죠? 오라버니…… 제게 너무 큰 부담을 주셨어요. 이건 혈육이라고 할 수도 없잖아요? 어떻게 오라버니께서 제게 이럴 수가 있어요?"

"나가서 이야기하자."

"더 이용할 게 있나요?"

"있다."

사약란은 고개를 빨딱 쳐들었다.

부인은 하지 않더라도 당당하게 시인해서는 안 되지 않은가. 하물며 더 이용할 것이 남았다고 말해서는 더더욱 안 되지 않나. 그동안 얼마나 다정했던 오라버니인데. 자신의 일이라면 물불 안 가렸고, 불원천리도 마다하지 않고 한달음에 달려오던 그런 오라버니인데 이리 변할 수는 없지 않나.

사일도는 생각을 분명하게 피력했다.

"네 머리가 필요해."

“동나가 있잖아요.”

사약란의 음성에 차디찬 한기가 실렸다.

“동나는 다른 일로 바쁘다.”

“앞으로 오라버니를 위해서 제 지혜를 빌려 드리는 일은 없을 거예요. 만약 그런 일이 있으면 열 손가락에 장을 지지죠.”

“그런 말은 함부로 하는 게 아니다.”

“정말 자신있군요. 오라버니의 그 자신감은 정말…… 부럽다 못해서 무서워요.”

이 말은 빈말이 아니다.

사일도의 자신감에는 항상 명확한 근거가 있다. 약간이라도 변수가 발생할 일에 대해서는 두 번, 세 번 고민한다. 그런 일은 절대로 자신감을 드러내지 않는다.

모험? 갈등? 시도?

이런 말들이 들어가면 누구보다도 신중해진다.

오라버니는 그녀의 머리를 빌리겠다고 당당하게 말했다.

그녀의 모든 것을 빼앗고, 오랜 세월 동안 속여왔고, 결국은 매제까지 죽음으로 몰아넣은 그가 동생의 머리를 빌려야겠다고 자신있게 말했다.

근거가 없다면 할 수 없는 말이다.

사약란은 그 점이 무서웠다. 또 어떤 약점을 움켜쥐고 있기에 이토록 자신만만하게 말하는 것일까?

“나가자.”

사일도가 손을 내밀었다.

물론 사약란은 거절했다. 내민 손을 쳐다보지도 않고 고개
를 돌려 버렸다. 그러자,

쉬익!

사일도의 손이 구렁이 담 넘어가듯 부드럽게 그녀의 목덜미
를 어루만졌다.

사약란의 육신은 썩은 통나무처럼 무너졌다.

“고집 피우지 마라. 세상은 눈에 보이는 게 전부가 아니
니…… 일단 나가서 보자.”

사일도가 무너진 그녀의 육신을 안아 들었다.

그녀를 위한 방은 없었다. 푹신한 침상도 없었다. 편히 앉을
의자조차도 준비되지 않았다.

사일도와 사약란은 가산 정상에서 괴물처럼 큰 숨을 들이쉬
고 있는 무총을 내려다보았다.

“몸부터 풀어주세요.”

사약란이 차분해진 음성으로 말했다.

현재, 오라버니는 절대 무신이다.

작은 악마가 되어 소허태기를 귀영십삼식으로 뿜어낸다.

감히 맞받을 자가 없는 무총주의 소허태기를 구성이나 성취
했으니 누가 감히 오라버니와 손을 맞대겠는가.

오라버니의 말이 곧 법인 세상이 오고 있다.

아직은 할아버지가 계시고, 안선 대공이 있고, 사 개 지단의
지단주들도 만만치 않고, 동정호의 오대고수도 있고…… 적이

될 사람들이 많다.

오라버니가 세상을 움켜쥐고자 한다면 언젠가는 반드시 부딪쳐야 할 사람들이다.

오라버니는 그런 위치에까지 올라섰다.

하물며 내공을 잃어버린 그녀가 어찌하겠는가. 멀리 떨어져 있고 싶어도 오라버니가 허락하지 않으면 한 걸음조차 떨어지지 못하는 처지이지 않나.

그녀는 체념했다.

사일도가 그런 그녀를 힐끗 쳐다보며 말했다.

"보이느냐?"

"마혈을 풀어줘요. 도망갈 수도 없는 몸이잖아요."

"저곳…… 할아버지의 무총이다."

"정말 안 풀 거예요!"

사일도가 고개를 돌려 그녀를 쳐다봤다.

"잠시 그대로 있거라. 연공실의 열기에는 독성이 스며 있다. 몸을 움직이지 않는 상태에서 천천히 빼내는 게 좋아."

사약란은 더 이상 재촉하지 않았다.

그 부분은 자신도 알고 있다. 다만 오라버니 곁에서 조금이라도 멀리 떨어져 있고 싶어서 한 말이다.

"저곳…… 후후후! 이상하지? 우리 저곳에서 태어나고 자랐지만…… 난 한 번도 저곳의 주인이라는 생각을 해본 적이 없다. 그저 잠시 머물다가 떠나는 손님 같았어."

"……."

사약란은 침묵했다.

쒜에에엑! 쒜엑! 창창창……!

가산 중턱에서 쇠붙이 부딪치는 소리가 울렸다.

아마도 누가 가산으로 들어선 것 같은데…… 험난한 암기군을 통과해야 하리라.

누굴까? 누가 감히 무총주밖에 들어설 수 없는 연공실로 올라오는 것일까?

"지금도 그 생각은 같다. 저곳은…… 내 것이 아니야."

"……!"

사약란은 눈을 끔뻑거렸다.

오라버니의 말은 뜻밖이다. 진심으로 한 말 같은데…… 그렇다면 왜 자신의 연공을 방해한 것일까? 왜 귀영십삼식은 가로챘으며, 천하제일공은 왜 필요한 건가.

"난 지금부터 저곳을 무너뜨리려고 한다."

"지금…… 진심이세요?"

너무 어처구니가 없으면 차라리 말이 나오지 않는다.

그녀가 그랬다. 오라버니의 말이 너무도 황당무계해서 입이 떨어지지 않았다.

"자! 말해봐라. 저곳을 어떻게 하면 효과적으로 무너뜨릴 수 있을까? 전부 죽일까? 지금 내 무공으로는 그럴 수 있을 것 같은데. 할아버지께서 안 계신 무총이라면 별것 없잖아?"

"오라버니!"

"바깥 사람들이 봤을 때 그 정도면 무총이 무너진 거다 하고 말할 정도면 되겠는데.”

‘진심이다!’

오라버니는 정말로 무총을 무너뜨리려고 한다.

할아버지의 무공으로 할아버지가 평생 동안 일궈온 보금자리를 산산조각 낼 심산이다.

“동나가 몇 마디 언질을 준 건 있어. 후후! 전각 몇 채와 몇몇 위인만 제거하면 된다더군. 네 생각도 같은지 알고 싶구나. 말해봐라. 누굴 죽여야 할까?”

그녀의 머릿속에 몇몇 사람이 후딱 스쳐 갔다. 하나 입 밖으로 낼 말은 아니다.

무총 본단에 몸담고 있는 사람들은 할아버지의 수족이다.

할아버지가 진심으로 믿고 있어서 어떤 일이든 시킬 수 있는 입안의 혀와 같은 존재다.

그들을 죽일 수는 없다.

오라버니가 무슨 생각에서 무총을 무너뜨리려는지는 모르지만, 잘 설득해서 포기하도록 만들어야 한다.

“오라버니, 지금 오라버니 무공은…….”

“쉿!”

사일도가 검지를 입술에 댔다.

“소허태기는 천하무적이다. 어떤 무공도 소허태기 앞에서는 상대가 안 돼. 그래서 소허태기가 필요했다. 참으로 오랜 시간 동안…… 정말 오래 기다렸다.”

오라버니는 억장이 무너지는 소리를 태연하게 풀어놓았다.

믿고 따르던 오라버니가 뒤에서 암계를 꾸미고 있었다는 건…… 정황이 뚜렷하지만 믿고 싶지 않은 부분이다.

그 말을 오라버니가 자신의 입으로 하고 있다.

"한데 나는…… 후후후! 나는 소허태기를 받을 수 없는 몸이다. 이성! 딱 이성에 그쳤지. 이성을 수련하는 순간 머리가 타 들어가는 통증을 느꼈다. 후후후! 내 연공은 거기서 중단된 거야."

오라버니는 영물의 힘이 필요했다.

화화구중, 그리고 빙정.

효능이 워낙 강해서 인간의 몸에 담을 수 없다는 절대 영물 두 개를 한 몸에 담아야 한다.

아무리 좋은 보약이라도 선뜻 받아들이기 겁난다.

그에게 필요한 것은 영물들의 효능을 떨어뜨리지 않으면서 고스란히 자신의 몸에 넣어줄 시험체였다.

그에게는 동생도 시험체에 불과했다.

매제 역시 시험체로 전락시켰다. 아니, 처음부터 그럴 목적으로 이용했다.

사약란은 두 주먹을 꽉 움켜쥐었다.

'이제부터는…… 정말 이제부터는…… 오라버니가 아냐!'

속으로 다짐을 하고 또 다짐했다.

그래도 눈물은 흘러내린다. 꾹 눌러 참으려고 했건만 볼을 타고 흘러내린다.

사일도가 그녀의 눈물을 닦아주었다. 그리고 말했다.

“계야부가 살아 있다.”

“……!”

사약란은 너무 놀라 말을 하지 못했다. 고개를 발딱 들어 오라버니를 쳐다봤지만 역시 말은 나오지 않았다.

“후후후! 어디서 어떻게 지내고 있는지는 저걸 무너뜨린 다음에 말해주마. 어떠냐? 이제는 누굴 죽여야 하는지 말해줄 수 있겠지? 하하하! 넌 날 도울 수밖에 없다고 그렇게 말했거늘…….”

“그 말, 그 말이…….”

“진심이다. 말하지 않고 이용은 해도 입 밖으로 낸 말 중에 거짓은 없다. 그리고 오늘 일…… 지금까지의 모든 내 행동…… 언젠가는 이해할 날이 올 게다. 하하하! 두 번째 말하는구나. 눈에 보이는 게 모두 진실은 아니란다. 하하하!”

사일도가 처연하게 앙천광소를 터뜨렸다.

사약란의 귀에는 웃음소리조차 들리지 않았다.

‘그 사람이 살아 있어? 살아 있다고? 살아 있어!’

2

일력광겸은 오직 하나의 무공, 독비신공에만 주력했다.

그는 많은 무공을 섭렵했다.

무학의 비고(秘庫)나 다름없는 사약란을 만난 것이 무총주를 만난 것보다 더 큰 기연을 안겨주었다.

알고 싶었던 무공들을 섭렵했다.

어떤 무공이든 원하기만 하면 손에 쥐어졌다.

사약란은 그가 청하는 무공을 한 번도 주지 않은 적이 없다. 무공 명칭만 말하면 한 시진도 되지 않아서 먹물이 채 마르지 않은 비급이 전달되어졌다.

많은 무학을 참조한 끝에 독비신공의 끝을 보았다.

탕!

굳은살로 뒤덮인 손이 땅을 쳤다.

순간, 그의 몸은 허공에 둥실 떠올랐다. 아니, 떠올랐다 싶은 순간 이미 일 장 앞에 도달해 있었다.

퍼억!

둔탁한 소리와 함께 거목이 휘청거렸다.

거목이 살아 있는 사람이라면 미처 초식을 전개하기도 전에 격살당했으리라.

"호호호호!"

그는 만족한 웃음을 토해냈다.

독비신공의 치명적인 약점은 속도에 있다.

그는 공격을 하든 방어를 하든 몸 전체를 움직여야 한다. 일격이 실패로 돌아가면 전신 모든 곳이 공격권 아래 환히 드러난다는 치명적인 약점도 있다.

일격필살(一擊必殺)이 최선이다.

이격필살(二擊必殺)은 존재치 않는다. 이격이란 말 자체를 생각해서는 안 된다.

하면 그의 독비신공과 일격필살의 대표적인 무공으로 거론되는 타사인과 비교해 보자. 아니, 그보다 훨씬 빠른 일촌사와 비교하는 게 낫겠다.

일촌사는 손목에 변화만 주는 것으로 끝난다. 그는 신형 전체를 움직여야 한다.

누가 빠를까?

묻는 사람이 바보다.

그가 아무리 빨라도 일촌사보다 빠를 수는 없다. 그가 독비신공을 한 번 전개할 때 일촌사는 수십 번의 변화를 그려낸다.

상식적으로 도저히 상대가 안 된다.

하면 독비신공은 불구자의 몸으로 무공을 수련할 수 있다는 선에서 만족해야 할까?

독비신공은 그런 무공이 아니다.

어떤 상대와 맞서던 단숨에 거리를 좁히는 쾌(快)!

지근거리에서 일촌사가 펼쳐져도 피할 수 있는 변(變)!

일격에 만근의 거력을 담은 패(覇)!

독비신공에는 모든 무학의 정수가 고스란히 담겨 있다.

그는 이런 이치를 오래전에 깨달았다. 무총주의 지도를 받을 때 이미 깨우쳤다.

동정호 비궁에 있으면서 더욱 발전시켰다.

많은 무공을 섭렵하고 참오하면서 쾌, 변, 패의 조화를 완벽하게 재현해 냈다.

누구와도 만나지 않고 오직 혼자서 무공 수련만 할 수 있는 지금이 아주 좋다.

탕! 쒜엑! 퍽!

굳은살 박힌 손이 거목을 두들겼다. 그와 동시에 신형이 번뜩이며 맞은편 일 장 떨어진 곳에 있던 바위를 가격했다.

독비신공은 완벽했다.

사사표풍은 두 가지 무공을 합일시키는 데 온 힘을 쏟았다.

자신의 독문비공인 흑선류를 최상의 경지까지 끌어올렸다. 그와 동시에 사명사귀의 맏형이었던 자자검의 폭검신공도 비장의 한 수로 섞어 넣었다.

오른손으로는 흑선류를 펼치면서 왼손으로는 폭검신공을 쓴다.

흑선류로 숨 돌릴 틈도 주지 않고 몰아치면서 결정적인 한 수, 폭검신공을 준비한다.

번쩍!

섬광이 터지면 끝난다.

그녀에게는 두 가지 숙제가 남았다.

흑선류로 상대를 얼마나 몰아칠 수 있느냐이다.

죽음이 없는 곳에는 얼씬거리지 않고, 모습을 보이면 반드시 생명을 거둔다는 흑선류.

흑선류가 제 몫을 다해준다면…… 그녀는 그 어떤 상대와도 겨룰 수 있다.

또 하나의 과제는 폭검신공의 파괴력이다.

무총주의 소허태기는 이 시대에 존재하는 모든 무공 중에서 단연 으뜸이다.

폭검신공이 소허태기를 뚫을 수 있을까?

참고로 사천당문의 만천화우(滿天花雨)는 소허태기를 뚫지 못했다.

사방 십 장을 죽음의 도가니로 몰아넣는다는 만천화우조차도 무총주를 잡지 못했다.

암기 중에서 빠름으로 견줄 것이 없다는 일지탄(一枝彈)도 가로막혔다.

암기는 무총주를 잡지 못했다.

폭검신공은 진기로 장검을 산산조각 낸다. 그런 후 수십 조각으로 갈라진 검편을 쏘아낸다.

일지탄과 소규모의 만천화우가 섞여 있는 셈이다.

과연 소허태기를 감당할 수 있을까?

흑선류와 폭검신공을 완벽하게 조화시킨다면 세상을 마음껏 활보할 수 있다고 자부한다.

쐐엑! 꽈꽈꽈……!

검은 채찍이 허공을 갈랐다. 수십 조각의 검편이 빛의 속도로 날아가 틀어박혔다.

그녀는 하루에 삼십여 자루의 장검을 박살 냈다.

타탁! 타탁!

모닥불이 타들어갔다.

　서녘으로는 황혼이 지고, 불 위에서는 토끼와 꿩이 노릇노릇하게 익는다.

　아주 평화로운 저녁이다.

　다른 때와 달리 바람도 불지 않아서 더욱 조용하게 느껴진다.

　"명령이 떨어졌다."

　일력광겸이 말했다.

　사사표풍은 대답하지 않았다. 묵묵히 모닥불만 쳐다봤다.

　"너도 이제 태도를 정해야지?"

　"……."

　"만일…… 자자검이 살아 있다면 어땠을까?"

　"그만해."

　일력광겸은 마른 가지를 집어 모닥불 위에 쌓아 올렸다.

　"선택 같은 건 생각도 하지 않았을 거야. 무조건 자자검이 말하는 대로 따랐겠지. 후후! 자자검과 너…… 정말 보기 좋았는데."

　"그만……."

　사사표풍이 몸을 옆으로 뉘며 말했다.

　타탁! 타타탁!

　불길이 방금 넣은 마른 가지를 휘감았다.

　마른 가지는 새까맣게 변한다 싶더니 이내 빨간 불길과 하나가 되어 활활 타오른다.

　"깊이 생각해라. 어쨌든 결정은 해야 해."

일력광겸이 잠시 그녀를 쳐다봤다. 그리고는 시간을 주겠다는 듯 손으로 바닥을 쳤다.

탕!

그의 신형이 훌쩍 떠오르더니 십여 장 밖으로 쏘아져 갔다.

사약란을 죽인다.

사명사귀에게 주어진 밀명이다.

사명사귀라는 이름으로 계야부 앞을 가로막을 때부터, 그들은 오직 한 가지 임무만 생각했다.

무공도 모르는 사약란을 죽이는 데 사명사귀가 모두 동원될 필요가 있나? 계야부 같은 자와 같이 다닐 필요가 있나? 시각랑과 굳이 어울려야 하나?

그들의 자존심은 형편없이 무너졌지만…… 상황이 쉽지 않았다.

모든 게 자신들의 뜻대로 되지 않았다. 이리저리 질질 끌려다니기만 했다.

물론 사약란을 죽이는 것도 명이 있어야 한다.

옆에 바짝 붙어 있다가…… 그 누구도 경계하지 않게끔 심복이 되었다가…… 비수를 꽂는다.

솔직히 이런 일은 사명사귀를 모욕하는 하찮은 일이다.

고작 여인 한 명 죽이려고…….

사약란을 왜 죽여야 하는지는 모른다. 이유 같은 건 알 필요도 없다. 죽이라고 하면 그저 죽이면 된다. 살인 도구가 되어 검을 쓰기만 하면 임무가 끝난다.

총주는 독심독의가 곁에 있지 않을 것도 예견했다.

어느 순간 독심독의가 사라질 것이다.

그렇게 되었다. 감쪽같이 행방불명이 되었다. 그림자조차 남기지 않았다. 죽은 듯 완전히 잠적했다.

사약란 곁에 사일도가 있을 것이라는 예견도 맞았다.

지금 사약란은 무총 본단 가산에 있다.

날이 밝는 대로 두 사람이 가야 할 곳이다.

그곳에서 사일도는 무총 본단의 고수들과 겨루고 있다. 가산을 근거지로 해서 여유있게 막아내고 있다.

무총 본단의 최고 중심처에서 반기가 솟은 것이다.

이런 사실은 아직 무림에 알려지지 않았다. 오직 무총 내 몇몇 무인만이 알고 있으며, 지금 이 순간에도 철저히 비밀에 붙여지고 있는 비밀 중의 비밀이다.

모두 총주가 예견한 그대로다.

지금에 와서 사약란을 죽이는 것은 '고작 여인 한 명 죽이는 것' 이 아니다.

그녀 곁에는 사일도가 있다.

그를 따르는 고수도 많다.

사약란은 사람이 들어설 수 없는 첩첩산중에 있다. 더욱이 철갑으로 보호받고 있다.

이제 다시 물어보자. 그녀를 죽일 수 있는 사람이 누구인가?

선뜻 나서는 사람이 없으리라.

사명사귀는 할 수 있다.

그들은 지금 현재 아무 의심도 받지 않고 사약란 곁으로 달려갈 수 있는 유일무이(唯一無二)한 존재다.

두 사람이 달려가면 오히려 무총 본단의 고수들이 막아설 게다.

사일도는 막지 않는다. 사약란은 더더욱 막지 않는다. 오히려 두 팔 벌려 반길 것이다.

일력광겸과 사사표풍이 쌓은 신뢰는 하늘에 닿는다.

시각랑을 의심할지언정 그들을 의심할 사람은 없다.

오직 일력광겸과 사사표풍만이 가장 간단하게 그녀를 죽일 수 있는 위치에 섰다.

그녀 곁으로 다가서기만 하면 승산은 오 할로 높아진다.

이 승산…… 총주는 말도 안 되는 예견을 했다.

"너희가 작심하면 그 아이는 쓰러질 것이니……."

사약란의 무공은 매우 높아졌다.

총주가 예견할 때와 지금은 완전히 다른 상황이 되었다.

그때는 무공을 모르던 소녀였고, 지금은 검산의 검수들까지 몰락시켜 버린 최고수가 되었다.

그런 그녀를 급습한다고 쓰러뜨릴 수 있을까?

총주는 의심하지 말라고 했지만, 여전히 의심이 치민다.

어쨌든 명이 떨어졌으니 이 일을 해야 한다.

성패는 신경 쓸 것 없다. 설혹 잘못된다고 하더라도 무조건 시행해야 한다.

'명이 떨어졌어.'

사사표풍은 멍하니 모닥불만 쳐다봤다.

쨱! 째잭!

이른 아침, 일찍 일어난 산새가 황량한 산속을 휘젓고 다니며 지지배배 짖어댄다.

모닥불은 꺼진 지 오래다.

미지근한 열기조차 남아 있지 않다. 완전히 차갑게 식어버렸다.

어제저녁만 해도 먹음직스럽던 토끼 고기, 꿩고기도 딱딱하게 굳어서 먹을 수 없게 되었다.

땅!

멀리서 지축이 흔들렸다.

일력광겸이 새벽 수련을 시작한 모양이다.

사사표풍은 몸을 일으켰다.

혹독한 추위에 얼어붙은 몸이 우수수 서리를 떨궈내며 활력을 되찾아갔다.

'그래.'

사사표풍은 고개를 끄덕였다.

어차피 결단은 내려야 한다.

무인의 길을 걷기 시작한 순간부터…… 아니, 무총주의 제

자가 된 순간부터 시궁창 같은 길을 걸어가는 게 숙명이 되었
다.
  그녀는 일어섰다.

  "결정했구나."
  아침 수련을 끝낸 일력광겸이 이마에 흐르는 땀을 옷소매로
쓱 문지르며 말했다.
  "결정했어."
  어제저녁과는 달리 담담한 음성이다.
  "흠!"
  일력광겸은 다시 땀을 닦았다.
  "시원한 물 한 모금 줄까?"
  "좋지."
  사사표풍은 허리에 매단 호로병을 던져 주었다.
  일력광겸은 호로병을 받아 호기롭게 들이켰다.
  꿀꺽! 꿀꺽!
  맑고 차가운 계류(溪流)를 담아왔다. 한 모금만 마셔도 뱃속
이 얼어버릴 정도로 차가운 물이다.
  일력광겸은 시원하게 마셨다.
  호로병 한 병에 든 물을 바닥이 드러날 때까지 모두 들이켰
다.
  "카아!"
  호로병을 비운 그가 입을 활짝 벌리며 웃었다.

"하하! 이거…… 시귀(尸鬼)에게 주는 위로주인가?"

"미안."

"천만에. 나도 양보할 생각은 없거든."

일력광겸이 호로병을 보물 다루듯 조심스럽게 내려놨다.

"내가 이기면 이걸 가지고 다니마. 네가 곁에 있을 때처럼 생각하지. 오늘이 되면 제도 올려주고."

"난…… 잊을게."

"그게 좋겠지."

두 사람은 마주 섰다.

사사표풍은 오른손에 흑사편을 잡았다. 왼손에는 장검 한 자루를 꺼내 들었다.

일력광겸은 땅을 칠 준비를 했다.

"우리…… 같이 물러서면……."

"후후후!"

"그 여자…… 마음에 들지는 않는데, 죽일 수는 없어. 아무리 생각해도 죽일 이유가 없어."

"너 말이야, 다음 세상에 태어나면 무공을 수련하지 마라."

"그렇지?"

"무공을 수련해도 일반 무가의 무공을 배워라."

"그건 그럴 거야."

"절대 무총주의 제자는 되지 마라."

"너도."

두 사람은 말을 나누면서 상대의 의사를 확실히 읽었다.

일력광겸은 무총주를 배신하지 않는다. 그는 여전히 무총주의 무혼이며, 앞으로도 무혼으로 살아갈 생각이다. 사약란이 천충을 비롯해서 많은 도움을 주었지만 사부의 은혜를 대신할 수는 없다.

사사표풍은 무총주의 명이 잘못된 명령이라고 생각한다.

그녀는 사람을 본다.

그녀가 본 사약란은 심성이 착하다. 성선설(性善說)과 성악설(性惡說)을 빌려서 이야기하면 성선설에 가장 근접한 사람이다.

무림에는 암계가 난무한다.

어느 무가(武家), 어느 구석에도 암계가 없는 곳이 없다.

그런 세상에서 맑고 깨끗하게 살아갈 수 있는 여인이라고 봤다.

그녀를 배신할 수 없다.

무총주의 명령은 잘못된 것이라서 따를 수 없다.

더욱이 사약란은 총주의 손녀다.

할아비가 손녀를 참하라는 명령을 내릴 수 있는가! 무슨 일이 있어도 골육상쟁(骨肉相爭)만은 막아야 한다.

일력광겸과 사사표풍, 두 사람의 의견은 너무 팽팽해서 조율할 수 없다.

"독비신공은 무적이다."

"미안하지만 나도 그래."

"우리끼리 싸우리라고는…… 후후! 이런 상황은 총주도 예상하지 못했는데…… 좌우지간 큰일에 여인을 끼워 넣으면 안 된다니까. 자자검이 죽을 때 일이 틀어진다고 생각하긴 했는데."

"너도 사 소저가 좋지?"

"좋지."

"네가 죽이게 되면, 네 얼굴을 보여주지 마. 마지막 순간에 신뢰가 부서지는 아픔까지 겪게 하지 말라고."

"넌 어떡할래? 총주를 어떻게 보려고?"

"잘 도망 다녀야지."

"그래라."

탕!

일력광겸이 손으로 땅을 쳤다. 순간,

쒜엑! 쒜에에엑!

일력광겸의 신형이 튕기듯 솟구쳤고, 그와 동시에 흑사편이 사방을 에워쌌다.

쭈욱!

검은 휘장이 쭉 찢어지면서 일력광겸이 신형이 밀고 들어왔다.

밀밀(密密)한 흑사편의 편막(鞭膜)이 뚫렸다. 석주(石柱)처럼 단단한 팔이 흑사편의 편막을 쭉 찢으며 달려들었다.

독비신공에 외력금강공(外力金剛功)을 접목시킨 결과다. 더욱이 일력광겸은 손목부터 어깨까지 철갑을 휘둘렀다.

일반적인 병기로는 그의 외팔을 건드릴 수 없다.

하나 이 틈…… 이 공간…… 바로 사사표풍이 유도한 공간
이기도 하다.

일력광겸이 편막을 찢으며 달려드는 순간, 좌수에 들린 장
검이 번쩍 빛을 뿜었다.

꽝!

섬광이 작렬했다.

일력광겸의 외팔에서 피가 주르륵 흘러내렸다.

그의 팔은 검편에 찢기고 갈라져서 너덜너덜해졌다. 그뿐만
이 아니다. 그의 가슴에서도 선홍빛 선혈이 꾸역꾸역 새어나
오고 있는데, 얼핏 봐도 상당히 중한 상처였다.

"독비신공, 무적이구나."

사사표풍이 흑사편을 축 늘어뜨린 채 말했다.

"흐흐흐! 그렇다고 했잖아."

"근데 왜……?"

"나도 어제 밤새도록 생각했다. 한데 네가 맞는 것 같아. 나
도 사 소저를 죽이고 싶지는 않다. 후후후! 난 이렇게 간다
만…… 넌 어떡할래. 앞으로 총주의 미움을 어떻게 감당……."

일력광겸의 말이 뚝 멎었다.

그는 선 채로, 말을 하는 도중에 숨을 거뒀다.

그는 폭검신공을 막아냈다.

비록 외팔이 누더기가 되기는 했지만 모든 검편을 완벽하게
차단시켰다.

편막을 찢고 들어서면서 폭검신공을 예상한 듯하다.

그러다가…… 가슴으로 파고드는 검편 하나를 놓쳤다. 아니, 눈으로 보면서도 놓아주었다. 가슴을 파고들도록…… 심장을 갈라놓도록…… 딱 한 조각만 놓았다.

사사표풍은 등을 돌렸다.

일력광겸을 땅에 눕힌다는 것…… 그것은 그에 대한 모욕이 되리라. 그는 선 채로, 자신이 싸우던 자세 그대로 저승으로 가는 걸 더 좋아할 게다.

'바보…….'

자신도 모르게 눈물이 주르륵 흘러내렸다.

사명사귀로 한 몸이 되어 움직인 세월이 그 얼마인가.

사명사귀 중 두 명이 저승으로 떠났다. 독심독의는 살았는지 죽었는지도 모르고, 자신은 이제부터 본격적으로 무총주의 추적을 뿌리쳐야 할 몸이다.

무총주의 눈 밖에 나서 목숨을 부지한 사람은 없다.

적어도 그녀가 알기에는 그렇다.

무총주의 심기를 건드리면 모두 죽는다. 무총주와 맞선다고 알려진 안선 대공…… 그는 정말 무총주와 맞선 것일까? 무총주가 인심을 쓴 덕에 살아 있는 것은 아닐까?

그런 것은 아랑곳하지 않는다.

쉬익!

그녀는 신형을 띄웠다.

무총 본단으로 간다. 가산으로 간다.

그녀를…… 무총주가 죽이라고 명령한 그녀를 보호한다. 자신의 역량으로 보호할 수 있을지 모르지만…… 하는 데까지 해본다. 그러다가 안 되면 죽는 것이겠지.

쒜에에엑!

그녀의 신형이 화살처럼 쏘아졌다.

3

츠읍! 츠으웃! 츠으읍!

뱀이 눈밭을 기어가는 듯한 소리가 아주 작게 울렸다.

다른 사람들은 짐작도 못할 소리이지만 악소화와 수련을 함께했던 사람들은 귀가 번쩍 뜨일 소리다.

'공격?'

'좌로 돌라고?'

'이게 무슨 소리야?'

그들은 무슨 영문인지 몰라 주위를 살펴봤지만 소리가 의미하는 바를 알 수는 없었다.

물론 악소화도 소리를 귀담아들었다.

원래 이 소리는 자신만 발출하게 되어 있다.

그녀의 타고난 감각으로 진형을 짜고 유지시킨다. 다른 사람은 할 수 없는 그녀만의 독특한 재능이다.

한데 다른 사람이 자신의 소리를 흉내 내고 있다.

악소화는 잠시 귀를 기울이다가 부사영을 쳐다보며 말했다.

“같이 산책 좀 할래요?”

부사영은 악소화와 함께 숲길을 걸었다.
“군대에 있을 때는 사부님, 어땠어요?”
“멋있었소.”
“그런 것 말고요. 강했다거나 똑똑했다거나 그런 것 말고 인간적인 모습 같은 거요.”
“인간적인 모습?”
부사영은 고개를 갸웃거렸다.
계야부는 강했다. 용감했다. 어떤 난관이든 뚫고 나오는 전투의 귀재였다.

그에 대한 것이라면 밤을 새워서라도 무용담을 말할 수 있다.

인간적인 모습이라…… 왜 그 부분은 생각나지 않는 것일까? 부하들이 죽어갈 때마다 마음의 눈물을 흘렸고, 누구보다도 비통해했는데 딱히 인간적인 모습을 말하라니 할 말이 없다.

“따뜻했소.”
부사영은 자신이 말해놓고 또 고개를 갸웃거렸다.
계야부는 따뜻함과는 거리가 멀었다. 오히려 상당히 무뚝뚝했다. 할 말만 몇 마디하고는 혼자 뚝 떨어져서 외톨이처럼 지냈다.

그는 다른 동료에게 따뜻하지 않았다.

그런데 왜 따뜻하다고 느껴진 것일까?

그에게는 사내의 진정이 있다.

동료를 위해서라면 자신의 목숨을 내주어도 아깝지 않다는 숨겨진 마음이 모두의 마음을 적신다.

그는 결코 따뜻한 사람이 아니었지만 누구보다도 따뜻했다.

"또요? 여자는요?"

"없었소."

"모두 그렇진 않죠?"

그렇지 않다. 시각랑 주변에는 창기들로 넘쳐 난다.

첨각 침투를 끝낸 시각랑은 달아오른 긴장감을 술과 도박과 여인의 치마폭에 풀어놓는다.

자신도 그런 곳에 파묻힌 적이 있다.

도저히…… 맨 정신으로는 단 하룻밤도 견뎌낼 수 없는 곳이 시각랑이다.

생각해 보니 계야부는 견뎌냈다.

놈이 찾는 것은 술뿐이었다. 그것도 만취되도록 마신 적이 없다. 술병 하나를 잡으면 한 모금씩, 한 모금씩 밤이 깊도록 즐기면서 마신 것 같다.

"그렇소. 특이한 편이었소."

"잘 견딜까요?"

악소화는 걱정되는 부분을 물었다.

"우리보다 잘 견딜 거요."

"무총주에게 잡혔는데요?"

“빠져나오겠지.”

“정말 확신해요?”

“확신하지 못하는 것 같소?”

“아뇨. 확신하는 것 같아요. 제가 궁금한 건…… 지금 상황에서 어떻게 그런 확신을 보일 수 있죠? 무총주의 손에서 벗어난다는 건…… 지금보다 더 절망적일 때가 있었나요?”

“없었소. 지금보다는…….”

“그런데도 믿는다는 거죠?”

“믿소.”

“그럼 저도 이제부터는 마음 놓고 믿을래요. 사부님이 반드시 돌아오실 거라고…… 믿을 거예요.”

‘이 여자…….’

부사영은 안타까움을 느꼈다.

계야부를 좋아하는 여자가 몇 명 있다.

겉으로 말하지는 못하고 속으로만 앓고 있는 여자들이 대부분이다.

악소화도 그런 여자가 되었다.

그녀의 마음속에는 이미 계야부의 그림자가 가득 들어찼다.

하지만 안타깝게도 계야부에게는 사약란이 있다. 그녀의 영상이 너무 크게 들어앉아 있어서 다른 여인의 손길을 의식하지 못한다. 어떤 눈빛, 어떤 손짓을 보내도 알아채지 못한다.

그는 오직 사약란만 쳐다본다.

“휴우!”

부사영은 자신도 모르게 한숨을 토해냈다.

"왜요?"

"아니오."

"제가 불쌍해요?"

"……."

"호호호! 전들 왜 모르겠어요. 사부님은 사모님만 생각하고 계시잖아요. 제가 어떻게 그 틈을 비집고 들어가요. 호호호! 아이, 창피해. 마음을 들켜 버렸네."

"비밀로 하겠소."

"호호호! 그래 주세요."

'휴우!'

그는 또 한숨을 쉬었다.

세상에 비밀은 없다. 특히 여인이 마음 깊이 품은 연심(戀心)처럼 세상에 뚜렷하게 드러나는 사실도 없다.

그녀는 아무 소리도 하지 않는다. 하지만 그녀의 몸은 온통 사랑만 이야기한다. 그녀는 아무런 태도도 취하지 않는다. 하나 그녀의 모든 몸짓, 손짓이 오직 한 사람만을 향한다.

눈치가 둔한 사람이라면 며칠이면 알게 될 게다.

그런 걸 눈치채지 못하는 계야부의 마음은 또 얼마나 공고한가.

저벅! 저벅!

그들은 잡담을 나누며 숲 깊이 들어섰다. 순간,

철컥!

부사영이 검을 움켜잡았다.

사방에서 예리한 기운이 밀려온다.

풋내기가 발산하는 섣부른 기세가 아니다. 절정고수만이 토해낼 수 있는 농익은 기운이다.

"긴장 푸세요. 걸왕들이에요."

악소화가 부사영의 옷을 살며시 끌면서 말했다.

악소화는 무공을 모른다. 하지만 인간이 가진 본능으로 주위의 기운을 감지한다.

그런 기운이 부사영의 기감을 이겼다.

부사영은 예기(銳氣)를 느꼈지만 악소화는 정기(精氣)를 감지했다.

서로 다른 방편으로 걸왕들의 기운을 읽었고, 악소화가 조금 더 가깝게 읽어냈다.

그녀는 계야부의 의살을 전수받고 있다.

비록 계야부처럼 심오한 경지에 이르지는 못했지만 어느 정도 윤곽은 잡기 시작한 것 같다.

그녀의 타고난 본능에 의살이 더해진 결과다.

"다른 길로 가지 않았나요?"

악소화가 물었다.

부사영은 눈을 감고 기감을 최고조로 끌어올렸다.

걸왕이 나타났다면 살림 살수들도 왔으리라.

이 두 부류는 같이 움직였다. 절곡을 빠져나오면서 서로 갈

길을 달리했다.

살림 살수들의 예기는 느껴지지 않는다. 사방을 이 잡듯이 뒤졌지만 아무런 느낌도 없다.

"살림은?"

그가 걸왕을 쳐다보며 물었다.

"휴우! 말하자면 긴데…… 안선 대공을 만났소."

걸왕이 악소화를 쳐다보며 말했다.

"대공이요?"

"살림은 대공을 따라갔고…… 속상하지만 우리는 대공의 상대가 안 됩디다."

걸왕은 자신들이 대공과 만났을 때부터 헤어지는 순간까지 소상하게 말했다.

"대공은 가서 동나를 도우라고 했지만 아무래도 그건 아닌 것 같아서 소저를 부른 거요."

"그래요."

"우린 뒤를 쫓겠소. 하니 우리 힘이 필요하면 언제든 말하시오."

"고마워요."

악소화가 고개를 끄덕였다.

그녀가 가장 염려하는 것은 천하제일지자를 자부하는 동나의 계략이다.

그가 무엇을 생각하고 어떤 행동을 취할지 짐작되는 바는 없다. 하지만 시각랑과 금룡대를 사지로 몰아넣을 게 분명하다는 사실만은 짐작한다.

계야부의 말대로 동나를 따르기는 하되, 결정적인 함정은 잘 피해 나가야 한다.

계야부는 그녀를 믿는다.

그녀가 있기에 안심하고 시각랑과 금룡대를 동나에게 맡긴 것이다.

이런 마당에 걸왕 같은 고수들이 뒤에서 도와준다면 천군만마를 얻은 것처럼 힘이 난다.

악소화가 밝게 웃으며 말했다.

"밀마는 지금 그 소리로 해요. 제 소리는 알아들으시죠?"

걸왕들은 심란한 표정으로 서로를 쳐다봤다.

과연 잘한 일일까?

그들의 마음은 개미굴 속처럼 번잡했다.

용두방주는 무림 판도가 뒤틀리기를 바란다. 그리고 그 일을 걸왕들이 해낼 것이라고 믿는다.

용두방주가 개방의 마지막 수호신이나 다름없는 걸왕들을 내보냈을 때는 크게 한판 춤춰보자는 각오를 했기 때문이다.

한데…… 용두방주가 원하는 것과 안선 대공이 원하는 것이 같다.

용두방주는 무총이 휘어잡은 무림 판도가 깨지기를 바란다. 그래야 구파일방이 다시 무림 태두로 우뚝 선다.

안선 대공도 무총이 무너지기를 바란다.

구파일방과 안선의 목적이 같은 셈이다.

그들은 이 점까지는 생각하지 못했다. 안선 대공을 만난 후, 그가 말한 것을 들은 다음에야 쇠망치로 뒤통수를 얻어맞은 것 같은 충격을 느꼈다.

결국 양쪽 모두 무림이 대혼란 속으로 들어가는 것을 원한다.

난세(亂世)!

걸왕들은 그럴 수 없었다.

개방이 무림 태두로 우뚝 서는 것은 누구보다도 원한다. 하지만 아무리 염원이 크다고 해도 무림을 피바다 속으로 몰아넣을 수는 없는 노릇이다.

무총과 안선이 정면으로 부딪친다.

각 문파도 예외는 아니다.

무총 편에 선 사람과 안선 편에 선 사람이 서로의 등에 검을 꽂아 넣는다.

부모가 자식을 죽이고, 자식이 부모를 죽인다. 아내가 남편을 죽이고, 형이 동생을 죽인다.

무총과 안선이 부딪치면 이런 일이 필히 일어난다.

그렇게 해서라도 개방이 무림 태두가 되어야 하는가?

'되어야 한다!' 가 용두방주의 생각이다.

용두방주는 이미 그 선까지 모두 읽어냈다. 무림이 산산조각 난다는 사실을 짐작했다.

개방도 예외는 아니다.

개방도 중에도 안선도가 있다. 그들은 누구보다도 앞장서서 안선을 지지할 게다.

개방이 두 쪽으로 갈라진다.

이렇게 한바탕 대혼란을 겪고 난 후에는 뭐가 남아 있을까?

개방은 죽지 않고 살아남는다.

역대로 거지가 몰살당한 경우는 없다.

후개를 남겨놓고, 장로 몇 명만 살아 있으면 개방은 금방 지금의 성세를 구가할 수 있다.

다른 문파는 힘들게 고수를 양성하고 세를 쌓아야 한다.

개방은 다르다. 골목길 한 귀퉁이에 가만히 거적때기만 깔아놓으면 방도가 찾아온다.

단번에 일어설 수 있다.

어쩌면 구파일방의 체계가 무너지고 개방의 시대가 도래할지도 모른다.

용두방주는 거기까지 읽은 것일까?

걸왕들은 그렇게 생각하지 않았다.

무총만 물러나면 된다.

무총주만 아무런 일도 없었다는 듯이 은거하면 무림은 다시 평화를 되찾는다.

무림이 혼란스러울 필요는 없다.

무총이 가진 권한만 내놓으면 된다.

그것이 안선의 뜻이며, 용두방주의 뜻이며, 각 문파 모든 장문인들이 바라는 바다.

무림을 혼란 속으로 몰아넣더라도 무총을 쓰러뜨리는 방향으로 가야지 서로 상잔하는 쪽으로 가서는 곤란하다.

그렇다. 걸왕들은 무인들이 서로 상잔하는 방향은 어떻게든 피할 생각이었다.

한데 안선 대공을 만나자 갑자기 혼란스러워졌다.

무총만 쓰러뜨리는 것과 무림 전체를 혼란 속으로 몰아넣는 게 뭐가 다른가.

다른 게 없다.

동전의 앞뒷면처럼 서로 연결되어 있다.

걸왕들은 할 말을 잃었다.

이제야 자신들이 무슨 일을 벌이려는지 똑똑히 알게 되었다.

전 무림을 뒤집어엎는 일이라는 것을.

"주사위는 던져졌어."

"아니지. 아직 던져진 건 아니야. 지금은 지켜보는 단계이니까."

"어떻게든 돕기는 해야 할 것 아닌가. 도와준다고 말했으니까."

"그것도 상황 봐서."

"약속을 어길 셈이야?"

"두고 보자고."

"악 소저는 우리를 단단히 믿을 텐데. 좋아. 만약 일이 정말로 우리가 생각하는 그런 일이라면 어떻게 할 건데? 그것부터

정하자고. 그래도 엎어?"
　"조금 생각해 보자니까."
　걸왕들은 결정하지 못했다.

　'망설였어.'
　악소화의 얼굴빛이 어두웠다.
　걸왕들은 뒤를 봐주겠다고 했지만 그들의 표정 이면에는 어
두운 그늘이 가득했다.
　그들은 자신이 관언찰색의 대가라는 점을 잠시 망각했다.
　'뭐지?'
　느낌은 나쁘지 않다.
　그들은 흔들리고 있지만 정기(正氣)만은 뚜렷했다.
　이는 어떻게든 자신을 도와주게 되어 있다는 뜻이다. 다만,
무엇인가가 그들의 발목을 잡고 있다.
　그들을 이용하는 측면이라면 더 생각할 것이 없다.
　어려운 순간이 닥치면 그들을 부를 것이고, 그들은 달려온
다. 만일 달려오지 않으면 당장 목을 떼어가라고 말할 정도로
자신있게 말할 수 있다.
　그들은 온다.
　그녀는 그들의 고민까지 해결해 주고 싶었다.
　걸왕이 누구인지는 모른다.
　개방도라는 것을 짐작하고, 그들의 면면은 알지만 그들의
속내는 알지 못한다.

그래도 같이 길을 걸어왔고, 절곡에서의 인연도 있으니 풀어줄 수 있는 부분은 풀어주고 싶다.

'주적(主敵)이 달라서 그럴까?

동나의 주적과 그들의 주적은 다를 수 있다. 어쩌면 그들의 친구가 동나의 주적일 수도 있다.

이 부분, 생각해 두어야 한다.

금룡대에게 북지단을 치라고 하면 어떻게 할 것인가.

그녀는 고개를 내둘렀다.

'머리가 아프겠어. 머리 좋은 사람 좀 없나?

第百四十四章

최강비무(最强比武)

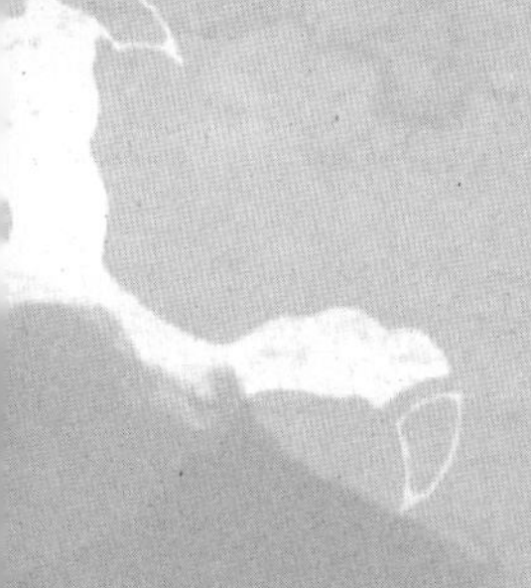

동나는 피 묻은 전서 한 통을 받았다.

전서구는 멀쩡한데 전서에만 피가 묻어 있다.

이로 봐서 전서를 날린 비목대원은 목숨을 잃었다. 전서를 날리는 순간, 발각되었고 살육되었다.

그를 죽인 자는 전서구도 죽일 수 있었다.

"후후! 일부러 놓아주었다? 만총림주…… 아니, 비목대주라고 해야겠지. 후후! 나도 머리가 있다는 뜻이군. 해볼 테면 해봐라. 모두 분쇄해 주겠다. 하하하!"

동나는 기분 좋게 웃었다.

전임 비목대주는 그도 무시할 수 없는 천재였다.

각종 병법에 능했고, 암계나 모사도 환히 꿰뚫어 봤다. 더군다나 비목대의 정통한 소식에 근간을 둔 그의 분석력은 혀를 내두를 정도로 정확했다.

그에 비하면 만총림주는 확실히 한 수 뒤진다.

그럭저럭 무총 본단의 살림을 잘 꾸려가는 것 같지만 발전은 없고, 현상 유지를 하는 데 만족하는 수준이다.

무총주가 눈이 삐었나? 어떻게 비목대주를 내치고 만총림주를 그 자리에 앉힐 수 있지?

동나는 이 사태를 두 가지로 해석했다.

첫 번째는 비목대주를 다른 데 쓰기 위해서 빼돌린 경우다. 그럴 경우, 죽음으로 처리하는 것이 가장 무난하다. 또 이런 방법은 상투적이면서도 효과적이라서 항시 쓰인다.

다른 하나는 아깝지만 어쩔 수 없이 버려야 할 경우다.

비목대주가 알지 말아야 할 것을 알았다. 또는 부리지 말아야 할 욕심을 부렸다.

어느 경우에나 돌이킬 수 없는 행동을 저질렀어야 한다.

외부로 알려진 비목대주의 실종은 후자와 연결되어 있다.

아직도 무림은 비목대주의 실종에 대해서 함구하고 있는 실정이다. 하지만 알 만한 사람들은 모두 후자 쪽을 거론하며 그의 죽음을 애도한다.

정말 후자라면 무총주의 눈이 삔 거다.

비목대주를 제거하는 건 그렇다 쳐도 그 자리에 만총림주를 앉힌 것은 치명적인 실수다.

그는 작은 지역을 돌아볼 수는 있어도 중원 전체를 굽어볼 정도의 인물은 못 된다.

하나 만약 전자라면…… 그래서 중원 어딘가에 전임 비목대주가 살아 있다면…… 그렇다면 만총림주를 앉힌 것이 이해된다.

그는 임시직이다.

비목대주가 잠시 자리를 비운 동안, 현상이나 유지하라고 앉혀놓은 허수아비에 지나지 않는다.

만총림주는 욕심을 부리지 않는 게 좋다.

그가 욕심을 부리면 부릴수록 그의 최후는 비참해진다.

최후라고 해서 반드시 죽는 것만 의미하는 건 아니다. 옛날 그 자리로 다시 돌아가라고 복귀 명령을 받는 것도 지자(知者)에게는 최후에 속한다.

일명 좌천(左遷)이라고 하나?

북지단 군사라는 위치도 녹록한 자리는 아니지만 무총 본단 비목대주에 비하면 한참 아래라고 볼 수 있다.

그는 조신하는 편이 좋다.

한데 그러지 않는다. 정면으로 치고 나온다. 무총 본단에서 자신의 입지를 굳히기 위해 분투한다.

동나, 자신과 정면 승부를 택한 것도 그런 맥락에서 보아야 한다.

그는 전서구를 잡았어야 한다. 아니, 잡았을 수도 있다. 내용을 살펴보고 '그래, 알려라!' 하고 놓아주었을 수도 있다.

그러지 말았어야 한다.

동나는 피 묻은 전서구 덕분에 무총 본단의 사정을 알았다.

'주공께서 시작하셨군. 성공했어!'

이제는 자신이 본격적으로 움직일 차례다.

동나는 악소화와 마주 앉았다.

부사영과 금룡대주는 좌우 호법처럼 그녀를 뒤에서 보필했다.

'약종계 계주.'

악소화를 쳐다보는 눈길에 따스한 정감이 넘쳐흘렀다.

악소화에 대한 우호의 표시다.

호의적인 감정만 가득해서 완전히 마음을 터놓아도 좋을 것 같다는 생각이 든다.

악소화가 먼저 말했다.

"전 봤어요."

"뭘 봤다는 말씀이신지……?"

"그보다 저흴 왜 불렀는지 말해주시겠어요?"

"물은 흐르지 않으면 썩는 법입니다. 해서 물길을 좀 틀어볼까 합니다."

"어떻게요?"

"문파를 세워보는 건 어떻습니까?"

악소화가 눈빛을 반짝거렸다.

부사영과 금룡대주는 서로 쳐다봤다.

동나의 제안은 참으로 뜻밖이다. 어디를 공격하거나 누구를 죽이라는 명령을 내릴 줄 알았는데, 문파를 세운다?

전혀 생각해 본 적이 없다.

"문주는 단차님이 되어야 하나 지금 없으니 공석으로 하고…… 소저께서 제자가 되시니 부문주 직을 맡으시지요. 결심만 서시면 나머지 구성은 제가 알아서 하겠습니다."

"약종계도 써야 하나요?"

"당연하죠. 그들이 건네주는 정보야말로 천하에 다시없는 보물입니다. 저희에게 가장 필요한 부분이죠."

"약종계는 빼야겠어요."

"알겠습니다. 한데 저쪽에서 순순히 물러날지……."

"그건 무슨 소리예요?"

"약종계는 이교사와 연관있습니다."

"그걸 어떻게!"

"하하하! 아는 사람은 모두 알고 있죠. 크게 비밀일 것도 없습니다. 약종계가 이교사 손에 들어간 지는 꽤 오래되었지 않나요? 무총에 있을 때 그런 보고를 접한 것 같은데."

약종계는 자체적으로 보면 아무런 힘도 권력도 없다. 하나 실체를 파고들면 성오존자의 제자들인 철포쌍검까지 움직일 수 있을 정도로 힘이 막강하다.

약종계가 그녀의 손을 들어준다면 안선의 힘이 고스란히 옮겨오는 것과 다름없다.

악소화가 차분히 말문을 열었다.

"약종계와 연관 짓지 마세요. 쓸 수 있는 힘만 써요. 그보다 더 큰 욕심을 부린다면 협조하지 않겠어요."

"단차의 명을 거부할 생각이오?"

"전 제자이지 수하가 아녜요. 이 사람들은 친구이지 수하가 아니죠. 누구든 자신 마음대로 행동할 권리가 있어요."

"그럼 곤란한데……."

"곤란한가요?"

"그렇소. 모두가 일심(一心)으로 마음을 합쳐도 모자랄 판에 언제든 자유 행동을 할 수 있다는 건…… 그런 조직은 없느니만 못하지 않나 생각되오만."

"그럼 가세요."

순간, 동나의 눈에 기광이 번뜩였다.

"하하하! 이거, 말에 가시가 잔뜩 박혀 있군요. 아무래도 아까 봤다는 것과 연관된 것 같은데, 뭘 본 겁니까?"

"당신의 눈빛이요."

"눈빛……?"

"제게 특별한 능력이 있다는 걸 인정하시나요?"

"인정합니다."

"당신의 눈빛은 흥분으로 들떠 있어요."

"……."

"저흴 쳐다보는 눈이 사람을 보는 눈이 아니라 도구를 보는 눈이었어요."

"하하하! 이거 억지를 쓰셔도……."

"그런 눈빛을 지닌 분과는 함께할 수 없어요."

"흠! 정말 억울하군요."

"사부님의 당부는 잊어버리세요. 이제부터 저희 생존은 저희가 알아서 하죠."

동나는 미간을 찌푸렸다.

이제야 왜 단차가 먹음직스러운 고깃덩이를 통째로 넘겼는지 이해가 된다.

악소화는 사람의 감정을 읽는다.

그녀 앞에서는 어떤 가면도 무용지물이다. 겉으로는 웃는 표정을 지으면서 속으로 칼을 간다는 소리장도(笑裏藏刀) 같은 행동은 웃음만 살 뿐이다.

단차는 절곡을 빠져나오기 위해 자신을 이용했다.

사실 그다지 이용당한 것은 없다. 마인들이 워낙 얌전하게 있었던 탓에 머리를 굴릴 필요도 없었다. 단차는 만일의 경우까지 생각했던 모양인데, 절곡을 빠져나오는 건 쉬웠다.

그리고…… 이들이 움직인다.

자신의 도움을 받지 않고도 능히 숨을 능력을 구비했다.

단차는 이들의 잠적을 부탁했다. 무림에서 완전히 숨겨달라고 했다. 죽지 않는 한, 죽어서 땅에 묻히지 않는 한은 불가능한 말이다. 어디에 숨어 있든 무림은 반드시 찾아낸다.

어차피 자신은 이들을 숨길 생각도 없었다.

적당한 선에서 단차의 말도 들어주고 자신의 욕심도 채울 생각이었다.

한데 이들이 이렇게 튕겨 나간다면…… 어쩐다?

그가 고민에 빠져 있을 때, 악소화는 몸을 일으켜 걸어나갔다.

그 뒤를 부사영과 금룡대주가 받쳤다.

동나는 그들이 완전히 빠져나갈 때까지 침묵으로 일관했다.

'저런 여자가 있으니 안심하고 맡긴 거겠지. 이것 참…… 한 수 더 깊이 들어갔어야 하나?'

동나는 손을 들어 머리를 짚었다.

"진심으로 모시겠습니다."

동나는 악소화 앞에서 두 손 모아 포권지례를 취했다. 머리까지 깊숙이 숙였다.

"문파를 창건할 생각인가요?"

"네."

"어쩌실 생각인데요?"

"무총의 심기를 불편하게 할 생각입니다."

동나는 자신의 계획을 소상하게 풀어 나갔다.

한 치의 거짓도 없다.

한 올의 속임수도 없다.

계획을 설명하는 음성에는 진심이 가득 담겨 있다.

동나의 마음은 오직 새로 창건될 문파에 대한 열정으로 가득하다.

"서지단과 동지단에서 동시에 문파를 창건합니다. 그리고 비무를 통해 세력을 확장시키는데…… 무총 본단을 중심으로 한일자를 긋게 될 겁니다.”

“결국 무총 본단과 충돌인가요?”

“어느 문파하고도 충돌하지 않습니다. 정정당당하게 비무만 하게 될 겁니다. 저희에게 천만다행인 점은 시각랑이나 금룡대의 용모파기가 알려지지 않았다는 것이죠. 저 친구의 기형장검과 이미 얼굴이 알려진 금룡대주만 빠지면 전혀 새로운 사람에 의한 새로운 문파가 창건되는 겁니다.”

동나가 열의있게 설명했다.

문파 창건은 크게 어려운 일이 아니다.

시각랑과 금룡대가 동과 서로 갈려서 서로 각기 다른 문파를 창건한다.

시각랑과 금룡대는 내세우지 않는다.

정도 문파, 정도 무공을 표방하며 중원에서 한 번도 탄생하지 않았던 새로운 무학으로 승부한다.

현재 시각랑과 금룡대가 사용하는 무학이라면…… 약간만 변형시키면 얼마든지 새로운 무학처럼 보이게 할 수 있다.

문제는 새롭게 문파를 창건할 경우 무총의 허락을 득해야 한다는 데 있다.

동과 서에서 창건되는 두 문파는 무총의 허락을 받지 않는다.

정면에서 무총을 들이받는 격이 되지만 정도 문파를 표방하는 이상 제재할 수단이 마땅하지 않다.

무총은 당연히 확인을 하려고 할 게다.

그전에 먼저 비무를 통해서 창건된 문파가 정도 무공임을
알린다.

동나의 계획은 타당했다. 그리고 무총을 안중에 두지 않는
무모한 수단이기도 했다.

무총이 꼭 정면 대응만 하라는 법은 없다.

암계를 펼칠 수도 있고, 절대무인을 보내올 수도 있다.

싸움의 형태가 어떤 식으로 진행될지는 아무도 모른다.

악소화는 설명을 묵묵히 듣더니 말했다.

“이게 황보세가를 이용해서 하려던 것이었나요?”

“아셨습니까?”

“사일도와 황보세가 사이에 혼담이 오고 간 걸로 알아요.”

“공자께서 돌아가시는 바람에 혼담은 깨졌습니다.”

“제가 궁금한 게 그거예요. 총주님의 제자들인 무혼이 총주
님의 손자인 공자를 왜 공격했죠?”

‘역시!’

동나는 더욱 깊이 허리를 숙였다.

자신의 눈빛이 발각될까 봐, 자신의 생각이 읽힐 것 같아서.

악소화는 아무 도움도 받지 않는 듯하지만 역시 약종계와
연통하고 있다. 그러지 않고서는 자신들의 과거를 손바닥 들
여다보듯이 알고 있을 턱이 없다.

공자와 황보세가의 혼담은 큰 비밀이 아니다.

공자가 움직이면서 공공연하게, 세상이 떠들썩하게 일부러
큰 소문을 흘렸다.

하나 혼담은 깨졌다.

혼담 당사자인 공자가 타살당했다.

이것 역시 무림을 떠들썩하게 만든 사건이었으니 귀만 약간 열어놔도 알 수 있다.

하나 무혼에 의한 죽음만은 철저히 함구한 사항이다.

이에 대해서는 황보세가도, 십일영자도 입을 다물었다. 물론 세상에 알려진 바도 없다.

악소화는 그런 점까지 알고 있다.

무총의 최중심부에 간자를 심어놨을 때만 가능한 일이다.

무총에도 약이 쓰인다. 많이 쓰인다. 사천당문만큼이나 많은 약재를 소모한다.

다치는 사람도 있고, 보양하는 사람도 있고, 금창약 같은 상비약을 만들기도 한다.

당연히 약종계와 인연을 맺을 수밖에 없다.

약종계의 숨소리가 무총 본단 깊숙이 파고든다는 뜻이다.

그리고 그들이 거둬들인 정보는 악소화에게 전달되었다.

동나는 숙였던 허리를 펴며 말했다.

"말씀하신 대로 무혼의 급습을 받았습니다."

"왜요?"

"무총 내 권력 다툼으로 보시면 됩니다. 저희가 밀려난 세력이었죠. 그렇다고 완전히 내쳐진 것은 아니었습니다. 다시 재기할 수 있었는데 그만……."

"……."

악소화가 침묵했다.

동나는 자신의 말을 이어 나갔다.

"공자님께서 돌아가시고 십일영자 중 몇이 돌아오지 못할 길을 떠났죠. 맞습니다. 황보세가를 통해서 이 일을 하려고 했습니다. 단, 황보세가의 세력은 넓혀주되 모든 싸움은 공자님과 저희 십일영자가 맡을 생각이었죠."

동나는 일절 숨기는 것이 없었다.

악소화는 모든 감정을 읽는다.

한순간이라도 거짓을 말한다면 절대 움직이지 않을 것이다.

"황보세가로서는 아무런 싸움도 하지 않고 영역을 넓히게 되니 좋을 것이고, 저희는 무총의 자존심을 망가뜨리니 좋은 것이고."

"황보 가주가 그러자고 했나요?"

"짐작은 하고 있었을 겁니다."

"그랬다면 생각이 없는 분이군요."

"……"

"무총은 그런 창건을 묵인한 적이 없어요. 그렇죠? 마찬가지로 그런 싸움을 용인하지도 않아요. 시위는 십일영자가 당길망정 결정적인 싸움은 황보세가가 치러야 했을 거예요. 맞죠?"

"맞습니다."

"결국 이용이군요."

"양쪽 다 이용이었습니다."

"아까 내쳐진 세력이라고 했죠?"

"네."

"그럼 들어선 세력은 누구죠?"

"사약란 소저입니다. 이미 총주님의 마음은 손녀 분께 기울어져 있습니다."

"그런 조건인데도 계속 밀어붙일 건가요?"

"하하하! 저희야 이렇게 발버둥이라도 쳐야 하니까요. 이대로 은거하기에는 너무 억울하지 않습니까. 하하하! 그리고 승산이 전혀 없는 것도 아닙니다. 아직 말하지 못한 부분이 있는데…… 그 수를 쓰면 절반의 승산을 가져올 수 있습니다."

"뭔데요?"

"미안합니다만 그것은…… 하하! 가진 걸 모두 내놓으면 토사구팽(兎死狗烹)당하는 법이죠."

악소화는 미간을 찌푸렸다.

동나는 고삐를 바짝 당겼다.

"내키지 않으신다면 저흰 이제 빠지겠습니다. 이 일을 대신해 줄 문파를 찾아야 하는데, 그리 어렵지 않을 겁니다. 힘을 필요로 하는 문파는 많으니까요."

악소화가 싱긋 웃으며 말했다.

"어차피 사부님도 무총주에게 납치되었고…… 무총과 곱게 지내지 못할 것 같은데 그럴 필요 없어요. 끝이 어떻게 될지 모르지만 같이해요. 최선만 다해주세요."

"알겠습니다."

동나는 물러났다.

‘휴우! 이거 황제와 면담하는 것보다 더 힘들군.’

동나가 물러난 후, 악소화는 부사영과 금룡대주를 쳐다보며 싱긋 웃었다.

“저 사람, 믿을 수 없어요.”

“그럼 왜……?”

“승산. 뭔지 모르지만 저 사람에게서 승산있다는 냄새가 풍겼어요. 아주 자신감이 가득한 마음. 절대로 내쳐진 세력이 발악이나 하는 싸움이 아네요.”

“화살받이로 내몰릴 테니 단단히 준비해야겠군.”

부사영이 말했다.

2

계야부는 자유로웠다.

무총주에게 속박된 몸이라고는 하지만 손발이 묶인 것도 아니고 감시자가 따라붙는 것도 아니다.

물론 감시는 받고 있다.

일반 무인들이 감시하는 게 아니라 무총주가 직접 지켜보고 있다.

이따금씩 불쑥불쑥 나타나서 이런 이야기 저런 이야기를 늘어놓는 게 바로 감시하고 있다는 증거다.

그 외에는 모든 게 자유롭다.

마치 혼자서 산천을 감상하며 유랑하는 것 같다.

마방에서 말과 마차를 빌렸다.

어자석에 편히 누워 말이 가는 대로 내버려 두었다.

따각! 따각! 따각!

말은 주인이 채찍질을 가하지 않아서인지 하염없이 느리게 걸었다. 한 걸음 걷고 주위에 있는 풀도 뜯어 먹고, 그러다가 생각나면 또 한 걸음 걸었다.

"거 요 앞까지 가는데 자리 비었으면 같이 좀 타고 갑시다."

길손인 듯한 사람이 말을 걸어왔다.

계야부는 고개를 끄덕였다.

길손은 물론이고 노인, 아낙, 아이들까지 우르르 몰려들어 마차가 미어터지도록 탔다.

그들은 계야부를 경계하지 않았다.

"고삐를 잡아도 되겠소?"

길손은 내친김에 고삐까지 거머쥐었다.

"이럇!"

히히힝!

말이 거칠게 앞발을 들어 올리는가 싶더니 냅다 질주하기 시작했다.

길손은 신나게 마차를 몰았다.

"여기요! 난 여기서 내리면 돼요!"

길손이 마차를 세웠다.

한 무리의 사람들이 우르르 내린다.

길손은 얼마간 마차를 몰다가 고삐를 건네주고 내렸다.

"덕분에 잘 왔소."

계야부는 신경 쓰지 않았다. 빙긋 웃음만 흘렸다.

아무도…… 그 누구도 그를 경계하지 않았다.

무인의 틀을 벗어버린다.

암흑마기 너머에 있는 소허태기는 너무 무서워서 감히 맞받을 엄두가 나지 않는다.

일체유심조(一切唯心造)라.

모든 게 마음먹기에 달렸다는 것을 누구보다도 잘 알지만 깊이 인상 지어진 사건은 쉬이 지워지지 않는다.

계야부 같은 경우에는 더욱 그렇다.

요즘 들어서 느낀 것인데, 아마도 소허태기에 대한 패배감을 영원히 이겨내지 못할 것 같다는 생각도 든다.

그는 아무도 없는 폐가를 찾아 잠자리를 폈다.

잠자리라고 해봐야 마른땅에 가죽 담요를 펴고 가죽 이불을 덮으면 끝이다.

얼굴에 찬바람이 씽씽 몰아치지만 몸은 비교적 따습다.

그는 편히 누워서 하늘의 별을 쳐다봤다.

온갖 생각이 떠오른다.

그는 일어나는 잡념을 애써 지우려고 하지 않았다.

잡념은 끊임없이 일어나게 되어 있다. 애써 막으려고 하면 할수록 더욱 깊이 빠져든다.

일어나는 것은 일어나게 내버려 둔다.

아! 이게 잡념이구나! 하는 생각이 들면 잠시 별에 초점을 맞춘 채 아무 생각도 하지 않는다.

텅 빈 머리, 텅 빈 마음, 텅 빈 육신.

그는 모든 것을 비웠다.

시각랑에 대한 생각도 하지 않았다.

아주 힘들게 살아가고 있을 것이다. 어쩌면 지금 이 순간에도 피비린내를 풍기면서 싸움에 몰두하고 있을지도 모른다. 그리고 그중에 몇몇은 이미 생을 달리했을 수도 있다.

금룡대는 더 심각하다.

그들은 잘 단련된 것 같지만 아직 속까지 여물지는 못했다. 누군가에게 무너지기 시작하면 순식간에 무너진다.

사약란은 더욱 걱정된다.

소허태기 같은 절세신공을 연마하던 도중에 수련을 멈췄다.

그래도 되는 것일까? 아무런 해도 없나? 혹시 주화입마라도 걸리지 않았을까?

온갖 걱정이 산더미처럼 밀려오지만 애써 잊었다.

사실 잊는다는 표현은 잘못된 것이다.

걱정이나 근심은 잊고 싶다고 해서 잊어지는 것이 아니다. 잊으려고 하면 할수록 더욱 깊이 생각난다.

생각하지 않을 뿐이다.

무심하다고 할 수 있다. 사실 무심하다. 생각하지 않는 것이니 무심 그 자체다.

걱정과 근심을 하지 않는 방법은 생각을 아예 근절시키는 방법밖에 없다.

그는 그 방법을 취했다.

아무도 생각하지 않았다. 자신조차도 염려하지 않았다.

소허태기를 어떻게 이겨내지?

그가 가장 선급하게 풀어야 할 숙제다.

그 숙제마저 잊었다.

이제 풀면 어떻고, 먼 후일에 풀면 어떤가.

그런 심정으로…… 세상을 유랑하는 심정으로 모든 것을 잊고 편히 지냈다.

의살? 잊었다.

각성? 그게 뭔지조차도 생각하지 않는다.

일목의 상태도 버린 지 오래다. 오직 아무 생각도 하지 않는 데에만 온 생각을 집중했다.

어폐가 있나? 생각하지 않으려고 생각한다니.

'잡념!'

별을 쳐다봤다.

별도 좋고 달도 좋다. 나무도 좋고 바위도 좋다. 시선을 맞출 곳만 있으면 그게 무어라도 상관없다.

그는 눈을 감고 방금 전에 봤던 별을 떠올렸다.

다른 생각은 하지 않고 별만 생각했다. 아늑한 별, 평온한 별, 차디찬 별…… 그러다가 잠이 들었다.

스스슷!

인기척이 귀를 간질인다.

그는 눈을 뜨지 않았다. 감지한 인기척조차도 애써 잊으려
고 노력했다.

스슷! 스스슷!

무척 경쾌한 발걸음이다.

무인이다. 그것도 상당한 고수다.

'무총주.'

제일 먼저 무총주가 떠오른다.

자신의 주위를 맴돌면서 이 정도의 경공(輕功)을 사용하는
고수는 현재 무총주밖에 없다.

그가 또 왔는가.

눈을 뜨지 않았다. 잠자리에서 일어나지도 않았다.

무총주는 기감으로 전신을 더듬는다. 전신 혈도의 흐름을
낱낱이 살핀다. 몇 번을 살핀 끝에 진기를 사용하지 않는다는
사실을 확인해 냈다.

이제는 오직 미간 안쪽에 위치한 제삼목(第三目), 상궁(上宮)
에만 머문다.

기감이 창처럼 찔러와 미간에 틀어박힌다.

그런 상태로 오랜 시간 동안…… 길게는 두 시진 넘도록 잡
담만 나눈다.

시시때때로 변하는 상궁의 상태를 살피는 모양이다.

이번에도 그럴 것이다.

자신이 자고 있으니 더욱 좋을 게다. 잠을 깨는 순간부터 상궁의 변화를 살핀 적은 없으니까 새로운 경험이 될 수도 있다. 어쩌면 그가 찾고자 하는 것을 찾아낼지도 모르고.

스으읏!

인기척은 더욱 가까워졌다.

'총주가 아닌데?'

문득 일목을 끌어올리고픈 욕구가 치밀었다.

다가오는 상대를 살피고 싶은 것이다. 누가 오는지 궁금해서 느껴보고자 하는 무인의 본능이다.

그는 애써 욕구를 참았다.

기껏 무인임을 잊고자 하는데 이리 쉽게 무너져서야 쓰겠나.

스으읏! 스으읏!

기름 위를 거닐듯, 물살을 헤치듯 부드럽게 지면을 밟고 온 인기척이 머리맡에서 멈췄다.

'총주가 아니다!'

그 느낌만은 확실했다.

눈을 뜨지 않았으니 상대를 알아볼 수 없다. 일목을 끌어올리지 않았으니 어느 정도의 무인인지 판별할 수도 없다.

가슴이 뛴다. 흥분이 치민다.

강한 상대를 만났을 때 저절로 끓어오르는 투지가 어김없이 새어나온다.

그토록 무인임을 잊고자 했는데 가식이었나.

'후우우……!'

그는 길고 가는 숨을 토해냈다.

무인임을 잊는다. 상대를 잊는다.

상대가 머리맡에 와 있다는 생각을 하기 때문에 심장도 뛰는 것이다. 그 생각을 하지 못한다면, 기감을 느낄 수 없는 몸이라면 지금도 편히 잠을 청하고 있을 게다.

생각이 투지를 불러왔다.

생각이 인기척을 끌어당겼다.

그가 생각하지 않았다면 머리맡까지 다가온 상대는 존재하지 않는다. 실제로는 존재할지라도 그의 머릿속에서는 탄생하지 않은 존재이리라.

머리맡까지 다가온 인기척이 말을 걸었다.

"허! 지금이 몇 신데 잠을 자고 있는고?"

'성오존자?'

"이놈! 냉큼 일어나지 못할꼬!"

'성오존자!'

확실하다. 자신이 찾아가고자 했던 성오존자의 음성이다.

그는 부스스 일어났다.

"소림사에 계시다는 소리를 들었는데……."

"네놈이 불러서 찾아왔다."

성오존자는 이상한 소리를 했다. 하나 그렇게 말하는 성오존자도 듣는 계야부도 존자의 말속에서 이상한 점을 전혀 찾지 못했다. 그들에게 존자의 말은 너무 당연했다.

생각이 깊으면 상대에게 전달된다.

이심전심(以心傳心)이라는 말이 꼭 연인 간이나 혈육 간에만 통용되는 말은 아니다.

멀리 있는 사람일지라도 진심으로 깊이 생각하면 그 사람도 자신을 떠올리게 되어 있다.

성오존자도 계야부도 그런 이치를 안다.

"오랜만이라 차나 한잔 대접하고 싶어서요."

"먼 길을 오게 해놓고 겨우 차냐?"

"죄송합니다."

"차는 어디 있는고?"

"드시겠습니까?"

"준다고 하지 않았더냐?"

"봄에 오시면 드리겠습니다."

성오존자는 웃는 얼굴로 계야부를 쳐다봤다. 한참 동안 쳐다봤다. 얼굴이 뚫어지지나 않을까 걱정될 정도로 칼 선 눈초리로 이곳저곳을 살폈다.

"네놈이 의살을 쓴다고?"

"잊으려고 노력 중입니다."

"생각을 잊는다?"

"네."

"이놈! 네가 성인이냐!"

순간이다! 계야부는 벼락을 직통으로 얻어맞은 것 같은 충격을 느꼈다.

머릿속이 갑자기 하얘진다.

아무것도 생각나지 않는다. 눈에 보이는 것도 없다. 귀도 청력을 상실한 듯 바람 소리조차 들리지 않는다.

성인? 성인이었던가?

아니다. 자신이 성인이라고 생각한 적은 한 번도 없다. 하지만 지금까지 해온 행동은…… 성인의 흉내를 내고 있었지 않나.

우주 만물의 생성 이치에 대해서 한 번도 생각해 본 적이 없다.

희로애락에 대한 생각도 해보지 않았다. 탄생과 죽음에 대한 생각도 깊이 파고들지 않았다.

자신은 성인이 아니다.

의살을 사용하면, 일목 상태로 들어가면 천지 만물의 조화가 보이는가? 보인다면 어떻게 생겼는가?

아예 보려고도 하지 않았다.

자신의 관심 밖이다. 자신은 오직 무공만 생각한다. 오직 싸움만 떠올린다.

다른 것은 일절 관심없다.

그러면서도 성인의 흉내를 낸다. 세상 모든 것을 다 깨달은 듯이 달관하는 모습을 보였다.

'창피해.'

그는 성오존자 앞에서 부끄러움을 느꼈다.

성오존자를 생각했기에 왔다고? 이심전심이 어떻고 저떻고?

만약 그런 일이 있다면 그것은 자신의 공덕이 아니라 성오존자의 공덕 때문이다.

자신은 그런 능력이 없다.

"춥다."

성오존자가 느닷없이 엉뚱한 소리를 했다.

계야부는 일어나서 가죽 이불로 성오존자의 어깨를 정성껏 감싸주었다.

휘이잉!

찬바람이 불어왔다.

두 사람은 묵묵히 바람을 맞았다.

그렇게 한 시진쯤…… 무척 긴 시간 동안을 아무 소리도 하지 않고 찬바람만 구경했다.

문득 성오존자가 가죽 이불을 걷어내며 일어섰다.

"차도 없고 술도 없고…… 그만 가련다."

계야부도 일어섰다.

이번에 그는 두 손 모아 포권지례를 취했다.

"나중에 찾아뵙겠습니다."

그 말밖에 할 말이 없다.

자신이 너무 못나고 창피하고 부끄러워서 얼굴을 들 수가 없다.

"왜?"

"차 한잔 얻어먹으려고요."

"하하하! 하하하하! 좋구나, 좋아. 그래, 네놈이라면 찾아올 수 있을 것 같다. 찾아오거라. 찾아와. 하하하하! 먼 길을 와서 구업(口業)을 쌓고 가는 게 아닌가 싶었는데…… 하하하! 좋구나, 좋아."

성오존자는 껄껄 웃으며 걸어갔다.

성오존자가 떠난 자리, 계야부는 가부좌를 틀고 앉았다.

운공을 취하려는 것은 아니다. 단전이 텅 비어 있어서 진기를 일으킬 수 있는 몸이 아니다. 일목의 상태로 들어가려는 것도 아니다. 그저 마음 편하게 앉아 있고 싶을 뿐이다.

'그랬던가.'

성오존자는 그에게 커다란 깨우침을 주었다.

그는 자신의 상태를 정확하게 알지 못했다.

의살과 각성을 혼동했다. 의살과 고도의 정신 상태를 착각했으며, 성인의 깨달음으로까지 오인했다.

그는 아직 그런 단계까지 들어서지 못했다.

자연과 자신이 하나라는 말은 할 수 있지만 진정으로 그런 사실을 받아들일 수 있는 단계는 아니다.

그는 각성자(覺性者)가 아니다.

스님들이 몇십 년 동안 면벽고련(面壁苦練)한 끝에 터득한다는 깨달음과도 거리가 멀다.

도인들은 그들 보고 도를 깨달았다고 생각한다. 그가 선인의 반열에 올라섰다고 생각한다.

벽운도인이 그를 봤다면 무슨 말을 할까?

예끼 놈! 어디서 가짜 도사 흉내를 내고 다니는고!

아니다. 그런 말조차 하지 않았을 게다. 그저 피식 웃고는 가던 길을 재촉했을 게다.

그래도 성오존자는 필연의 인연이 있기에 선각(先覺)의 지혜를 빌려주었다.

그는 도를 깨달아 선인의 반열에 오른 게 아니다.

이제 약간, 아주 약간 정신의 힘을 맛봤을 뿐이다. 그 속이 아무리 깊고 현묘하다 할지라도 진정한 각자의 눈으로 보면 아직 한참 어린 풋내기일 뿐이다.

그런 자가 각자의 흉내를 내고 다녔다.

세상 모든 것을 달통한 듯한 느낌으로 살아왔다.

잊는다? 망각한다?

깨달은 사람은 그럴 수 있을지 몰라도 그는 안 된다. 무념무상(無念無想)의 경지는 참된 깨달음을 얻은 후에나 가능하다.

그는 다른 방편을 취해야 한다.

깊은 생각이다.

하나를 잊기 위해서 둘을 생각하는 방법이다.

무총주를 잊으려면 안선 대공을 쫓으면 된다. 무총주에 대해서 생각이 들 때마다 일부러 안선 대공을 떠올린다. 그리고 모든 투지를 안선 대공에게 맞춘다.

그러다 보면 무총주는 어느새 잊혀져 있다.

소허태기가 겁나는가? 생각하지 마라. 아니, 다른 생각을 하라. 소허태기에 대한 공포를 짓눌러 버릴 정도로 강렬하고 현실감있는 생각에 모든 정신을 집중하라.

자신은 각자가 아니다. 정신무공을 약간 맛본 무인이다. 투지를 버릴 게 아니라 더욱 깊이 챙겨야 한다.

먼 후일, 진정한 각자의 길로 들어설 수 있으리라. 다만 지금은 아니다.

'그래, 나는 무인이야!'

계야부는 자리를 털고 일어섰다.

3

'일목!'

쒜에엑! 쒜에에엑!

검이 자유분방하게, 딱딱한 쇠붙이에 영활한 생명을 싣고 쏘아져 나갔다.

타탁! 타타타탁!

검은 바위를 격타했다.

바위에는 격타당한 흔적이 전혀 없었다. 아무런 힘도 깃들이지 않은 검은 미세한 흠집조차 남기지 않았다.

무중유(無中有), 유중생(有中生)이라!

아무것도 없는 속에서 움직임이 생기고, 움직임은 활기찬 생명을 불러온다.

쒜에엑! 쒜엑!

검끝에 생명을 실었다.

타타탁! 타타타탁!

바위를 향해서 연달아 삼십 육타(三十六打)를 터뜨렸다.

어느 검에도 생명은 실려 있지 않다. 또한 매 검마다 활기찬 생명을 싣고 있다.

무인이다! 성인이 아니다!

천지자연의 조화를 돌볼 필요가 없다. 그런 이치가 터득된 다면 좋은 일이나, 터득되지 않는다고 해도 어쩔 수 없는 노릇 이다. 자신의 공부가 약함을 탓해야 한다.

당장은 무공만 살핀다. 무공만 본다.

일념(一念)이 무공이라는 그릇에 모아졌다.

자신이 신의 영역에 들어섰다고 생각한 순간, 방향을 잃었 다.

자신이 신의 일부를, 신의 능력을 구비했다고 자각하는 순 간 머릿속은 어느새 일목을 설명하기 시작했다.

많은 사람들이 일목을 원하지만 정작 일목 상태로 들어서지 못하는 이유다.

머리가 뛰어나다는 사람, 학식이 높다는 사람, 마음공부를 깊이 했다는 사람, 무총주나 안선 대공처럼 무공의 끝을 보았 다는 소위 아는 사람들이 이런 우를 범한다.

그들은 자신이 납득하지 않은 길은 가지 못한다.

생각을 하고, 실험을 하고, 또다시 점검을 해서 틀림없다고 확신이 생겨야 비로소 몸을 움직인다.

신중한 사람만 그런 행동을 취하는 게 아니다. 성미가 불같이 급하다는 사람도 이런 행동을 한다.

사람이 강을 건넌다고 치자.

어떻게 건널 것인가.

배를 타고 건넌다. 당연하다. 다리를 놓아 건넌다. 당연하다. 양쪽 강안에 밧줄을 묶어놓고 건너가는 수도 있다. 날개를 달 수 있다면 날아가는 수도 있으리라. 물고기처럼 헤엄을 쳐서 건너는 건 어떤가? 할 수 있다.

이런 방법들은 하기 어렵다 뿐이지 건너는 방법 자체가 모순된 것은 아니다.

그렇기에 이런 방법들은 시도된다.

만약 발에 물을 묻히지 않고 평지를 걷듯이 걸을 수 있다고 하면 어떻게 말할 것인가.

말도 안 돼!

이것이 첫 번째 반응이다.

무조건 부인한다.

신의 영역은 언제나 이렇게 불가사의(不可思議), 인간의 머리로 설명할 수 없는 부분에 속해 있다.

달마(達摩) 대사(大師)가 갈댓잎 하나로 일위도강(一葦渡江)을 펼쳐서 그 일을 해냈다.

그 후부터 사람들은 강을 건너는 방법에 말도 안 되는 또 하나의 방법을 추가했다.

자신이 하지 못한다 뿐이지 가능하지 못한 것은 아니다.

누군가 한 번이라도 해낸 일은 무조건 설명이 가능하다.

달마의 일위도강은 무엇인가? 진기의 운용은 어떻게 되는가. 일위도강을 펼칠 수 있는 내공은 어느 수준인가.

사람들은 일위도강에 대해서 분석하고 설명한다.

불가사의한 일을 자신들이 머릿속으로 납득할 수 있게끔 설명해 놓는 것이다.

그리고 그런 설명이 완벽해지면 비로소 수련에 들어간다.

무총주가 하고 있는 일이 바로 그것이다.

그는 자신의 상궁을 살핌으로써 의살이 어떤 식으로 펼쳐지는지 설명하고 있다.

납득되지 않는 부분이 있을 것이다.

하면 또 나타나서 이해할 수 있을 때까지 연구한다.

그렇기에 못하는 것이다.

자신이 납득할 수 없으니 여전히 방법을 찾지 못했다고 생각하고 시도조차 하지 않는 것이다.

땅속에 매몰된 광부가 아무것도 먹지 못하고, 물 한 모금 마시지 못한 상태에서 보름 이상을 생존한 경우가 있다.

사람들은 이런 일을 두고 기적이라고 한다.

기적(奇蹟)!

인간의 머리로는 이해할 수 없는 기이한 일이라는 뜻이다.

다시 말해서 논리적으로 설명할 수 없는, 그러나 현실에서 벌어졌기 때문에 믿지 않을 수도 없다는 말이다.

이 기적을 말로 설명하려 든다는 것은 어리석다.

물론 끝까지 아귀를 맞추려고 한다면 하지 못할 것도 없다.

억지로 짜맞출 수도 있고, 정말로 다시 벌어졌던 일을 논리적으로 설명할 수도 있다.

어떤 경우이거나 하지 않아도 될 일을 한 것이다.

그냥 믿으면 된다.

기적이 일어났는가! 좋구나!

이 한마디면 모든 설명이 끝난다.

기적은, 신의 영역은 이런 식으로 무조건 믿고 따르는 데서부터 시작한다.

무총주는 영원히 일목 상태를 이해하지 못하리라.

그가 진기를 상궁에 들이밀고 있는 한, 그는 일목의 꼬투리도 잡지 못한다.

오대고수 역시 마찬가지다.

그들이 무엇인가를 원한다.

일목 전체를 원할 수도 있고, 아직 그들의 머릿속에 설명되지 않은 부분을 원할 수도 있다.

어쨌든 그들도 일목을 원한다.

의살이라고 명칭된 납득되지도, 이해되지도, 설명되지도 않는 정신 현상을……. 그러나 그들이 봤기에 믿지 않을 수도 없는 현상을 머리로 설명하고자 한다. 논리를 세워서 어떻게 하면, 어떤 상태가 되면 일목이 표현되는지 말하고자 한다.

그런 시도를 하고 있는 한 그들은 일목을 얻지 못한다.

'일목!'

쎄에엑! 쎄에에엑!

검이 바위 위에서 춤을 춘다.

그가 표현하는 검식은 초식이라는 틀에 얽혀 있지 않다. 굳이 인간의 언어로 설명하자면 신명나는 춤사위에 가깝다. 형식도 틀도 없이 마음이 흐느끼는 대로 움직인다.

스으읏! 사아아앗!

검이 바위 표면을 훑어내며 기이한 마찰음을 일으켰다.

무엇을 할까?

바위를 절단할까? 할 수 있다. 바위 표면을 깎아낼까? 가능하다.

마음으로 생각하고 형상화시킨 모든 일이 현실에서 고스란히 표현된다.

불가능을 생각하지 말라.

어떻게 해서 그런 일이 가능한지 생각하지 말라.

사람이 아무리 똑똑해도, 아무리 영력(靈力)이 뛰어나도 한 치 앞조차 살필 수 없다.

미래에 일어날 일을 예견한다는 것은 불가능하다.

한데 의살은 그런 일을 한다.

한 치 앞에 표현될 무공을 생각한다. 그리고 믿으면 그대로 실현이 된다.

미래를 보고 행동하는 것과 다를 바 없다.

인간의 언어는 이런 일을 설명할 수 없다. 오직 신의 언어만이 설명된다.

쒜에에엑!

검이 바람을 갈랐다.

아무도 없는 텅 빈 허공을 텅 빈 마음으로 쳐냈다.

이로써 검은 생명을 얻는다.

무중유, 유중생의 이치가 일어난다.

굳이 인간의 언어도 설명하지 않아도 된다. 그런 일은 늘 일어나고 소멸된다. 또 인간도 이런 일까지 설명하고자 하지는 않는다. 검이 생명을 얻는 것과 일목을 일으키는 것이 같은 것임에도 불구하고 하나는 설명하려 들고 다른 하나는 무심히 실행한다.

계야부는 하루 종일 검을 휘둘렀다.

츠츠츠춧!

날카로운 예기가 전신을 더듬는다.

자신이 무인임을 자각하고 난 후, 무총주의 예기가 더욱 날카롭게 감지된다.

삼라만상의 이치를 깨달을 필요가 없다.

자신은 인간이다. 신이 아니다. 인간의 육신으로 인간의 삶을 살면 그만이다.

그런 생각을 하자 무공이 무공으로 보인다.

'일목!'

그가 원하는 대로 일목을 일으켰다.

타탁! 타탁! 타타탁!

무총주의 예기와 일목이 잠시 다툼을 벌였다.

예기는 상궁으로 들어서려 하고, 일목의 정신 상태는 예기가 없는 맑은 상궁을 그려냈다.

이런 싸움…… 질 수가 없다.

터텅!

무총주의 예기는 강력한 반발력에 튕긴 듯 뒤뚱거리며 물러났다.

항시 지기만 하던 싸움에서 처음으로 승리를 거뒀다.

기쁘지는 않다. 원래 이랬어야 하는 싸움이다.

외인이 자신의 영역으로 침범하여 마음껏 활개 치고 다녔다. 남의 집을 제집처럼 샅샅이 뒤지고 다녀도 어쩔 수 없다는 듯 손 놓고 지켜보기만 했다.

이제 대문부터 걸어 잠근다.

자신의 영역이니 자신의 힘이 더 강하다. 외인을 들여놓고 들여놓지 않고는 주인 마음이다.

문을 잠그고 들이지 않으면 한걸음도 들어설 수 없다.

"허허허허!"

무총주의 웃음소리가 들려왔다.

약간은 격앙된, 그러나 애써서 평정을 유지하려고 하는 웃음!

무총주의 마음이 보인다.

"의살인가?"

"그렇습니다."

"또 다른 경지인가? 성오존자를 만났다고 하더니만 새로운 깨달음이라도 얻은 겐가?"

깨달음…… 불가사의한 일을 설명 가능한 상태로 만들어놓는 것.

굳이 그런 일을 할 필요가 없다.

"신경 쓰지 않습니다."

계야부는 진실을 말했다. 한데,

츠으으웃!

무총주의 몸에서 노기(怒氣)가 엿보인다.

그는 노기를 일으키지 않는다. 평정심을 유지한 채 편안하게 말하고 있다. 하나 그의 마음 깊은 곳에서는 계야부가 거짓을 말했다며 분노한다.

사실은 약간의 실망감 정도일 것이다.

'이런 식으로 느껴지기도 하는군.'

계야부는 웃음을 머금었다.

그는 무총주를 본 적이 없다.

누구보다도 더 많이 만나고 있지만 무총주의 실체를 접한 적은 한 번도 없다.

그가 본 것은 오직 소허태기뿐이다.

암흑마기를 이겨내면 소허태기가 나타나 머리를 짓누른다.

지금은 어떨까?

츠으으웃!

일목을 일으켰다.

맑은 정신 속에서, 텅 빈 마음속에서 소허태기가 없는 무총주를 떠올렸다.

순간, 거대한 태양이 작열했다.

눈앞에서 태양이 폭발을 일으킨 듯 용암 같은 불덩이가 훅! 밀어닥쳤다.

'크윽!'

계야부는 미간을 잔뜩 찡그린 채 움츠러들었다.

아직 소허태기를 밀어내지 못했다.

소허태기가 없는 무총주가 연상되지 않는다. 평범한 노인을 그려보려고 했는데, 역시 태양밖에 그려지지 않는다. 감당할 수 없는 엄청난 힘만 보인다.

무총주는 흥미있는 표정으로 그를 쳐다봤다.

"또 시험했는가?"

"벗어나야 하지 않겠습니까?"

"시각랑과 금룡대가 움직이기 시작했더군. 후후후! 걸왕이란 친구들…… 재미있어. 그들의 뒤에서 개방이 힘을 실어주고 있고…… 약종계도 거드는 듯해."

"그렇습니까?"

"궁금하지 않았나?"

츠으웃!

예기가 밀려든다.

무총주는 끊임없이 그를 관찰한다. 동요를 일으킬 만한 문제를 툭 던진 후 정신의 변화를 감지한다.

그는 일목이 상궁에서 일어난다고 믿는다.

무총주뿐만이 아니다. 모든 사람이 그렇게 믿고 있다.

상궁이 아니다.

온몸…… 온 정신…… 내 자신이 곧 일목이다.

이를 관찰 같은 것으로 판별해 낼 방법은 없다.

한마디로 무총주는 지금 헛일을 하고 있다.

조만간 그도 자신이 무가치한 일에 목매고 있다는 사실을 깨달을 것이다. 그리고 그때가 되면 삶과 죽음의 결정이 내려질 게다.

"그 아이는 무사하네."

'다행……'

"단, 지금은."

"……?"

계야부는 무슨 뜻이냐는 듯 고개를 들어 무총주를 쳐다봤다.

"내가 믿을 만한 사람에게 명령을 내렸네."

어떤 명령인지는 말하지 않았다. 계야부도 묻지 않았다.

두 사람 모두 그 명령이 무엇인지는 직감한다.

"한마디만…… 당신에게는 혈육의 정도 없는 겁니까?"

"허허허! 난들 왜 정이 없겠나? 자네 눈에는 내가 정 없는 팍

팍한 늙은이로 보이나?”

그렇지는 않다. 노인은 건장한 체격 때문에 유달리 강해 보이는 측면이 없지 않지만 그래도 넉넉한 마음이 엿보인다.

인간으로서의 무총주는 혈육을 아낀다.

무총주가 말했다.

“그 아이를 죽이라고 명을 내렸는데…… 허허허! 명을 따르지 않더군. 허허허!”

계야부는 전신에서 소름이 돋았다.

일이 매우 급박하게 돌아가고 있다.

예전에는 느끼지 못했는데…… 다시 무인이 되자 절절이 느껴진다. 온몸으로 긴박한 상황이 감지된다.

무엇인가 자신이 알지 못하는 큰일이 벌어지고 있다.

사약란은 이미 그 일에 끼어들었다. 모르긴 해도 아마 중심축에 있지 않나 싶다.

‘위험해!’

다만 느낌일 뿐이지만 이 위험의 근원이 무총주라는 데 더 큰 위험이 있다.

무총주는 진실로 사약란을 죽이고자 한다.

할아버지가 손녀를 죽인다!

남들이 들으면 무슨 미친 소리냐고 하겠지만 틀림없다. 무총주는 분명히 손녀를 죽이고자 한다. 아니, 이미 죽은 사람을 대하는 듯한 무정함이 엿보인다.

“제안 하나 하지. 그 아이가 살 수 있는 방법이네.”

그런 방법은 없다. 무총주는 이미 그녀를 제거하기로 결심했다. 결심이 확고하게 굳어져 있다.

"진짜 싸움을 해보게."

츠으으읏······!

예기와는 전혀 다른 의념이 머릿속을 파고든다.

'의살!'

계야부는 깜짝 놀랐다.

무총주가 의살로 자신의 이지를 조종하고자 한다. 무총주는 제안을 했을 뿐인데, 자신은 절대 명령인 것처럼 받아들이고 있다. 왜 그런지 알지 못하면서 무조건 따라야 할 것처럼 느껴진다.

어떤 생각이 일목 상태를 뒤흔들지 않았다면 스스로 깨닫지도 못했을 만큼 절묘한 공격이다.

'의살을 깨우쳤는가!'

쓸데없는 일이라고 치부했거늘······ 상궁을 관찰하는 것만으로 의살을 깨우칠 수 있는 것인가? 아니다. 그럴 수는 없다. 그런 식으로 깨우칠 수 있는 게 아니다.

무총주가 사용하는 것은 변형된 의념이다.

진기로 조종되는 강력한 사술이다. 아마도 사공이나 마공의 일종이 아닐까 싶다. 사색신녀가 수련한 유마심안과 비슷한 종류로 보면 될 것이다.

하나, 그렇다고는 하나······ 위력이 자신의 일념을 건드릴 정도라면 결코 방심할 수 없다.

“어떤 싸움이 진짜 싸움입니까?”

무총주가 품에서 서신 한 장을 꺼냈다.

“이 속에 당금 무림에서 최정상에 올라 있는 열 명의 고수가 적혀 있네. 그들과 겨뤄보게.”

“겨루는 겁니까, 무너뜨리는 겁니까?”

“겨뤄보게.”

‘실험!’

무총주의 실험은 계속되고 있다.

그들은 무너뜨리는 것이라면 자신을 이용해서 차도살인(借刀殺人)을 한다고 생각할 수 있다.

그는 싸우는 것만 원한다.

절대강자와의 싸움에서 어떤 식으로 의살이 작용하는지 살피고자 한다.

무총주가 말했다.

“한 명을 이길 때마다 그 아이의 목숨을 한 달간 연명해 줌세. 물론 자네의 수하들도 마찬가지고.”

“어떤 일이 있더라도 말입니까?”

사약란은 아주 위험한 일에 가담했다.

무총주가 살심을 굳힐 정도라면…… 아니, 이미 죽었다고 생각하고 마음에서 지워 버릴 정도라면…… 그녀를 죽이라는 명령은 결코 거둬지지 않는다.

자신이 달려가면 어떨까?

죽음만 재촉할 뿐이다.

자신은 무총주를 이기지 못한다. 이런 단순한 전제가 깔려 있는 한, 그는 사약란의 죽음을 느끼면서도 지켜보는 수밖에 없다. 그것만이 그녀의 목숨을 조금이라도 더 연장시켜 주는 길이다.

계야부는 무총주의 제안에서 큰 것을 얻어낼 심산이었다.

"명확하게 말해주서야겠습니다. 어떤 일이 있어도…… 목숨을 연명시켜 주는 겁니까?"

무총주가 말했다.

"자네가 원하는 대답을 알겠군. 이런 말이 아닌가? 그 아이가 무총을 무너뜨리는 일이 있더라도 눈감아달라. 절대 건드리지 말라. 내게 칼을 겨눠도 모른 척하라. 아닌가?"

그런 일이었나!

사약란이 어떻게 그런 일에 휘말린 거지? 결코 그럴 여자가 아닌데…… 할아버지에게 검을 겨눌 여인이 아니거늘!

계야부는 입을 열지 못했다.

무총주가 말했다.

"그럼세. 그렇게 하지. 한 명을 이길 때마다 한 달씩. 됐는가?"

"됐습니다."

계야부는 무총주의 손에서 서신을 받아 들었다.

第百四十五章
심투(心鬪)

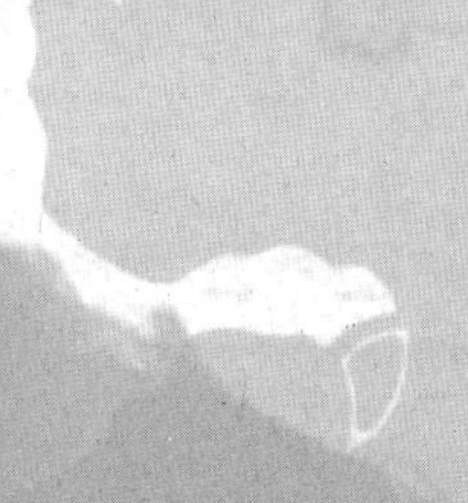

휘이이잉! 휘이이이잉!

거친 바람이 살을 파고든다.

흔히들 매섭게 부는 찬바람을 일컬어 칼바람이라고 하다.

칼바람? 얼어죽을 개뿔!

칼바람 같은 것은 어린아이 장난이다. 이건 도무지 뭐라고
표현할 길이 없다.

바람이 육신을 후려친다 싶으면 몸을 최대한 둥글게 말고
잔뜩 웅크려 있어야 한다. 그렇지 않으면 대번에 일 장이고 이
장이고 떠밀려 나간다.

더욱 죽겠는 것은 바람을 따라온 눈보라다.

무슨 놈의 눈보라가 철벽처럼 단단하다. 눈가루가 얼굴을

할퀼 때마다 몽둥이로 얻어맞는 느낌이 든다.

"훅! 훅! 훅!"

그는 거친 숨을 쏟아냈다. 피 토하듯 거칠게 내뿜었다.

숨을 쉴 수가 없다.

온 힘을 다해서 쥐어짜지 않으면 그나마 눈보라 속에 섞인 공기조차 흡입할 수 없다.

"제길! 말을 들을 걸 그랬나."

때늦은 후회가 밀려든다.

사람들은 이런 날씨에 밖에 나가는 것은 죽음을 재촉하는 행위라고 했다.

그들은 따뜻한 집 안에서 술을 마시며 흥청거렸다.

술?

그건 술도 아니다. 차라리 사천당문에 말해서 극독을 병째 가져다 달라는 편이 낫다. 겨우 엄지손톱만 한 잔으로 아무 맛도 없는 맹물을 홀짝 들이키는 순간 뱃속에서 불길이 확 솟는다.

놈들은 그런 술을 입에 물고 산다.

그들이 독주에 취해 있는 이유를 이제는 조금 알 것 같다.

숨을 내뿜으면 입에서 나온 입김이 고스란히 얼어붙어 버리는 이런 극한의 날씨 속에서는 술로라도 몸을 데워야 한다.

그는 허리춤에서 호로병을 꺼냈다.

필요없다는 것을 억지로 떠안기다시피 찔러준 술인데…… 아주 요긴하게 쓰일 것 같다.

그는 호로병을 입에 대고 꿀꺽꿀꺽 마셨다.

독주가 뱃속으로 흘러들며 따뜻한 열기를 내뿜는다.

안에서는 멀미가 치밀 정도로 독한 술이었는데, 찬바람 속에서는 겨우 따뜻한 정도밖에 안 된다.

그래도 필요한 열기는 얻었다.

'빨리 가지 않으면 얼어 죽겠군. 빌어먹을! 이런 곳에서 사는 인간들이라니!'

그는 연신 투덜거렸다.

생각 같아서는 소리 내어 말이라도 하고 싶은데, 이빨이 따닥따닥 부딪치는 바람에 입을 벌릴 수가 없다.

그는 음공(陰功)의 정수라는 빙화참과 빙극검형을 수련했다.

한 몸에 담을 수 없는 두 무공을 동시에 지니는 기연을 얻었다.

그리고 그것을 바탕으로 해서 빙령초혼마공이라는 절대적인 무공을 성취했다.

그런 그가 한낱 찬바람 때문에 고전할 것이라고 누가 생각했는가.

아직 멀었다.

이 정도의 날씨에 허덕이는 정도로 무엇을 하고자 했단 말인가. 그러니 젖비린내 나는 계집에게 그런 수모를 당하지 않았던가. 단 일 수, 단 일 수에 무너지고 말았지 않나.

그는 죽을힘을 다해 걸음을 옮겼다.

뿌득! 뿌득!

눈이 무릎 깊이까지 쌓여 있어서 걸음을 떼어놓기가 쉽지 않다.

그는 이를 악물고 걸었다.

지금 그의 머릿속에는 오직 한 가지 생각밖에 없었다.

'걷지 않으면 죽는다!'

얼어 죽기 일보 직전에 운 좋게도 눈으로 만든 집을 발견했다.

어디에서든 바람을 피하지 않으면 얼어 죽는다는 심정에서 정신없이 뛰쳐 들어간 곳인데, 뜻밖에도 잘 만들어진 집이었다.

나무 기둥을 엇갈려 세워놓고, 그 위에 가죽을 덮은 집이다.

밖에서 볼 때는 눈으로 만든 집 같았는데, 안으로 들어와 보니 천막과 흡사하다.

그는 이런 집에 익숙하다.

그가 살던 몽골에도 게르라고 불리던 원형 천막이 있다.

밖에서 봐도 보기 좋고, 안에 들어서면 그보다 아늑한 곳이 없는 지상 최고의 집이다.

눈과 얼음과 바람만 존재하는 땅에도 그와 흡사한 집이 있다.

이런 집, 그에게는 정말 편안하다.

"어디서 오는 길이오?"

집주인이 손짓 발짓을 섞어가며 물어왔다.

그는 손짓으로 먼 곳을 가리켰다.

북해…….

중원인과는 전혀 다른 인종이 사는 땅이다.

이들 양인(洋人)들은 중원인과는 전혀 다르게 생겼다. 말도 도무지 무슨 말인지 알아들을 수가 없다. 표정과 눈빛을 보고 대충 알아듣는 정도인데, 그러다 보니 자신이 알고 싶은 것은 묻지 못할 경우가 대부분이다.

"이 험한 날씨에……."

그는 주인이 뭐라고 하는 말을 들으면서 무너지듯이 털푸덕 주저앉았다.

몸이 꽁꽁 얼어붙었다.

그런 몸에 갑자기 사전 예고도 없이 후덥지근한 열기를 쪼여주니 현기증마저 치민다.

그는 한참 동안 주저앉아 정신을 수습했다.

이들 말처럼 북해에서 아무런 도구도 없이 길을 나선다는 건 죽음을 재촉하는 행위라는 걸 절실히 깨달았다.

'나는 운이 좋았어.'

누군지도 모를 집에서 이틀이나 신세를 졌다.

그는 서툰 글씨로 자신이 가고자 하는 곳을 썼다.

객납해(喀拉海).

집주인은 고개를 좌우로 흔들었다.

무슨 말인지 모른다는 뜻인데…… 그는 객납해를 이들 말로 풀어서 말할 수 없다.

북해빙궁을 찾아가기 위해서는 땅의 끝이라는 객납해부터 찾아가야 한다.

객납해를 찾는 일은 어렵지 않다. 무조건 북으로 올라가면 된다. 그러다가 땅끝에 이르러 거대한 바다를 만나면, 그곳이 바로 얼음 바다인 객납해다.

북해빙궁은 객납해에서 배를 타고 더 올라가야 한다.

이것도 운이 따라주어야 한다.

일 년 열두 달 중에서 배를 타고 북해로 들어설 수 있는 날짜가 겨우 서너 달에 불과하단다. 다른 때는 바다가 얼어붙어서 배로도 움직일 수 없단다.

잘못하면 한시도 견디기 어려운 동토에서 일 년을 버텨야 한다.

그는 더듬더듬 자신이 가고자 하는 곳을 설명했다.

지도도 꺼내 보였다.

정확한 모습은 아니지만 그래도 객납해를 적절하게 그려놓았다.

집주인은 역시 고개를 살래살래 흔들었다.

아마도 객납해를 가본 적이 없는 모양이다.

"흠!"

그는 이들이 키우고 있는 순록을 가리켰다.

이들 북방 민족은 독특한 운송 수단을 사용한다. 사슴을 말처럼 부린다. 썰매를 마차처럼 이용한다.

순록과 썰매 없이 어디로 이동한다는 것은 차라리 자기 스스로 목숨을 끊겠다는 소리나 다름없다.

집주인은 무슨 말인지 알았다는 듯 고개를 끄덕였다.

그는 품에서 은덩이를 꺼내며 잠시 망설였다.

'죽여?'

힘들게 거래할 필요가 있을까?

계집과 아이를 다 합쳐도 채 열 명이 되지 않는데 한 번에 쓸어버릴까?

그는 곧 살심을 접었다.

북해빙궁주에게서 들은 말이 있다.

분명히 이들은 몇 명 되지 않는다. 어디가 끝인지도 모를 만큼 넓은 곳에서 겨우 한 가족씩 뚝뚝 떨어져 산다.

누군가가 이들을 해치고자 한다면 식은 죽 먹기다.

살인이 마음껏 자행될 수 있는 요건이 충분히 갖춰져 있는 셈이다.

정말 그럴까? 아니다. 그것은 동토(凍土)를 모르는 사람들이 하는 말이다.

이들을 죽일 수는 있다. 그런 후 동토를 빠져나가야 하는데…… 다른 사람의 도움이 없으면 한 걸음도 움직일 수 없는 곳이 바로 이곳, 동토다.

일가족이 살해당한 사실을 숨기면 되지 않을까?

뜻밖에도 이들은 활발하게 교류한다. 너무 추워서 집 안에만 꽁꽁 틀어박혀 있을 것 같은데…… 그렇지 않다. 이들은 이런 날씨에도 밖에 나가서 할 일을 다 한다.

순록에게 먹이를 준다. 사냥을 한다. 강에 가서 꽁꽁 얼어붙은 얼음을 깨고 고기도 잡는다.

순록을 타고 멀리까지 가서 물건을 교환해 오기도 한다.

기가 막힌 족속들이다.

그렇기에 누군가가 보이지 않으면 며칠 지나지 않아서 단번에 진실이 밝혀진다.

하면 이들은 어떤 대응을 할까?

거처를 옮기는 아주 단순한 반응만 보인다.

흉수로부터 멀찍이 뚝뚝 떨어져 나간다.

그것으로 보복은 충분하다. 혼자서는 도저히 살아남을 수 없는 땅이 동토이기 때문에…… 며칠만 내버려 두었다가 찾아가 보면 꽁꽁 얼어 죽은 시신을 발견하게 된다.

거의 대부분 그렇다.

만약 외인이 살인 같은 행위를 저질렀다면 살아남기 힘들다고 봐야 한다.

많은 중원인이 동토로 들어섰다.

그들 중에는 사마외도도 많았다. 중원에서 쫓겨난 자들은 아무 생각 없이 동토로 들어서곤 한다. 그리고 이곳에서도 악행을 서슴지 않는다.

그들이 어떻게 되었는가?

모두 얼어 죽었다. 전신이 시커멓게 변한 채 나무토막처럼 딱딱하게 변해 버렸다.

이곳 사람들은 날씨를 안다.

날씨에 적응했으며, 이용할 줄 안다.

집주인은 그가 내민 은덩이 중에서 한 개만 집어들었다.

두세 개를 집어들어도 할 말이 없는데…… 딱 한 개만, 그것도 작은 것으로 집었다.

순록 네 마리에 썰매 하나가 건네졌다.

어디서든 머물 수 있는 천막도 준비되었다. 말린 곰 고기와 꽁꽁 얼어붙은 생선도 실렸다.

집주인은 손으로 먼 곳을 가리켰다.

"저리 가라고?"

집주인이 알아듣지 못하겠지만 원주민들의 말을 모르니 중원말로 할 수밖에 없다.

집주인은 그의 말을 알아들은 듯 고개를 끄덕였다.

"객…… 납…… 해."

거의 알아듣지 못할 중원 말로 객납해를 말했다.

썰매를 준비하는 동안 그가 써놓은 글이 무슨 뜻인지 알아본 모양이다.

'운이 따라주는 건가.'

그는 포권지례를 취하며 생각했다.

은자 한 덩이가 아까워서…… 아니, 거래 같은 것을 하는 게 귀찮아서 일수에 죽여 버렸으면 어쩔 뻔했나. 북해로 가는 길을 찾지 못하고 헤맬 뻔하지 않았나.

집주인이 잘 가라고 손을 높이 들어 올렸다.

쏴아아! 쏴아아아……!

칼끝 같은 바람이 얼굴을 할퀴며 지나갔다.

순록 네 마리가 이끄는 썰매는 생각 밖으로 빨랐다. 눈 위를 스치며 지나가는 속도가 그야말로 바람 같다는 말이 저절로 떠오를 지경이었다.

살을 에는 추위 속에서 목숨을 걸고 걸었던 길을 순식간에 지나쳤다. 하루 온종일 걸렸던 길인데 순록 마차로 달리니 반 시진 만에 주파했다.

북진(北進), 북진, 북진…….

집주인이 가리켰던 방향을 향해 곧장 마차를 몬다.

거의 대부분 황량한 황야다. 아니, 눈으로 덮인 눈밭이다.

눈이 부신다.

외지인은 별다른 주의 없이 눈을 쳐다본다.

아주 위험한 행동이다. 동토의 눈은 햇볕을 고스란히 반사시키기 때문에 태양을 정면으로 쳐다본 것만큼이나 위험하다.

살도 타들어간다. 태양에 노출되었을 때처럼 새카맣게 그을린다.

그래도 전보다는 한결 수월하다.

살을 찢고 가는 바람은 순록이 달리는 속도만큼이나 더 날카로워졌다. 하지만 집주인이 주의를 준 대로 가죽옷 속에 얼굴을 푹 파묻고 있으면 귓가로 스쳐 지나가는 바람 소리밖에 안 들린다.

'어떻게 이런 악조건 속에서 살아갈 수 있는지…….'

원주민들이 새삼 신기하다.

날씨는 북으로 올라갈수록 혹독해졌다.

하늘이 내릴 수 있는 모든 재앙이 한꺼번에 닥치는 듯하다. 이러다가 눈보라에 파묻혀 죽는 게 아닌가 싶다.

두두두두두…….

순록이 힘차게 달려나갔다.

며칠이 지났는지 날짜 감각도 잃어버렸다.

북으로 가고 있는지 방향 감각마저 상실했다.

무조건 앞으로만 달려나간다. 숲이 있으면 가로지르고, 강이 나타나면 무조건 건넌다.

편한 길로 돌아가지 않는다.

한시라도 빨리 객납해로 가야 한다. 그래서 북해빙궁이라는 곳을 봐야 한다.

북해빙화를 얻어라.

대공은 분명히 그렇게 말했다.

그녀는 자신에게 빙화참을 넘겨주고 죽은 북해빙궁주의 여식쯤 되지 않을까 싶다.

북해빙화라는 이름을 얻으려면 그만한 신분쯤은 되어야 한다. 언뜻 보기에도 북해를 대표하는 별호 같지 않은가.

'여자를 얻고, 빙굴…… 빙정이 생성된 곳을 찾아서 마신지체가 되고…… 그런 후에는, 후후후! 죽인다!'

한 여자, 결코 잊을 수 없는 여자!

그 여자를 죽이기 위해서는 뼈를 깎는 고통의 세월을 보내야 한다.

세상에 편한 길은 없다. 무엇인가 큰 것을 얻으려면 그에 합당한 대가를 지불해야 한다.

동토에서 태어나야 하며 태어나자마자 얼음 굴에 버려져야 한다. 갓 태어난 어린아이가 얼음 굴에서 만 하루를 살아남아야 한다.

천 명을 던져 넣으면 천 명이 죽는다.

만 명을 던져 넣으면 만 명이 죽는다.

살아남으면 얼음이 만들어낸 마체가 되지만 그럴 경우는 백만 분의 일도 되지 않는다.

마체는 인위적으로 만들어질 수 없다. 오직 하늘이 만들어주어야 한다.

자신이 되고자 하는 게 그것이다.

빙마지체(氷魔之體)가 빙극검형을 수련하면 빙마(氷魔)가 된다. 물과 불이 한데 섞일 수 없듯이 빙극검형과 절대로 섞일 수 없는 빙화참까지 얻으면 초인(超人)이 된다.

자신은 이미 빙극검형과 빙화참을 얻었다.

그래서 빙령초혼마공이라는 절대 마공을 지닌 몸이 되었다.

그런 몸으로 입에서 젖비린내가 풀풀 풍기는 계집애에게 형편없이 무너졌다.

일 초도 견디지 못했다.

살과 살이 맞닿는 순간 빙령초혼마공이 계집의 내공을 말끔히 빨아들여야 하는데…… 오히려 자신이 내공을 잃고 말았다. 몸에 구멍이 뚫린 것처럼 술술 빠져나갔다.

빙굴에 들어가 온전한 빙마지체가 되면 전설의 마신지체(魔神之體)가 된다.

가짜 마신지체가 아닌 진짜 마신지체가 된다.

그러기 위해서는 어린아이가 빙굴에서 살아난 것 같은 혹독한 고통을 견뎌내야 한다.

빙굴이 어떤 식으로 자신을 도와줄지 모르지만, 그곳에 가야 그 계집을 죽일 수 있다는 사실만은 안다.

북해빙화…… 그 계집은 자신을 도와주는 것이 좋다. 만일 거부한다거나 까다롭게 군다면 빙궁을 아예 피바다로 만들어버릴 것이다. 빙굴이 어디 있는지 토설하지 않는다면 빙궁만이 아니라 북해 전체를 죽음으로 뒤덮으리라.

'기다려라, 하위미! 투살진기!'

그는 칼바람을 맞으면서 이를 부드득 갈았다.

2

"동나…… 동나…… 동나!"

"그것참! 도대체 뭔 생각인지……."

"그놈이 하는 일에는 반드시 이유가 있어. 그걸 찾아야 해."

"제길! 찾기는 어떻게 찾아."

그들은 머리를 맞대고 쑥덕거렸지만 도무지 해결 방안이 나오지 않았다.

동나는 시각랑과 금룡대를 따로 분리했다.

시각랑 여섯 명은 동으로 간다. 금룡대주와 악소화를 포함한 열두 명은 서쪽으로 향했다.

그들은 각기 적당한 곳에서 문파를 창건할 것이다.

왜?

그들은 도무지 문파를 왜 창건하는지 그 이유를 찾아내지 못했다.

문파명이 무엇이든 상관없다. 그들이 비무를 통해서 질풍노도처럼 세를 확장한다는데, 그것도 상관없다.

무엇을 하든 문파를 키운다는 것은 알겠는데, 동나가 왜 그런 일을 벌이는지는 짐작조차 가지 않는다.

지금 무총 본단에서는 천지가 개벽할 일이 벌어지고 있다.

사일도가 드디어 검을 뽑았다.

온갖 푸대접을 받으면서도 꾹꾹 눌러 참던 잠룡(潛龍)이 드디어 수면 위로 머리를 디밀었다.

무총은 사실이 새어 나가지 못하도록 사방을 차단했다.

가산은 포위되었다.

　가산에서 벌어지는 일은 가산 밖으로 빠져나가지 못한다.

　무총 밖이 아니다. 가산 밖이다. 하물며 가산에서 벌어지는 일이 무총 밖으로 알려진다는 건 생각조차 할 수 없다.

　그만큼 무총의 보안은 철저하다.

　그래도 그들은 보고 들었다. 도저히 볼 수 없는 곳을 보았고, 들을 수 없는 것을 들었다.

　그렇기에 그들의 정보망을 일컬어 중원제일이라고 하는 게다.

　사람들은 개방이라고 하면 거지들만 생각한다.

　동냥하고, 겁박하고, 재주나 팔고…… 그러면서 보고 들은 것을 보고한다는 식으로 생각한다.

　물론 그 말이 맞다.

　걸개들은 중원 전역에 퍼져 있다.

　사람 사는 곳에 빌어먹는 사람은 반드시 있게 마련이고, 그들 대부분은 개방에 적을 두고 있다.

　그들이 알려주는 정보는 너무 방대해서 일일이 정리를 할 수 없을 정도다.

　하나 정작 고급 정보는 다른 곳에서 거둬들인다.

　각 문파의 중처(重處)에서 벌어지는 일까지 걸개들이 파악할 수는 없다.

　무총도 마찬가지다.

　걸개들은 무총 본단에 발길도 들여놓지 못한다.

　냄새가 난다. 더럽다.

무총 무인들은 노골적으로 걸개들을 들이지 않는다.

정 무총에 들어서고 싶으면 깨끗이 씻고 깨끗한 옷으로 갈아입은 후에나 들어서도록 허락한다.

그러니 무총 본단에서 무슨 일이 벌어지는지 알아내는 건 하늘의 별 따기다.

정말 그럴까?

이가 없으면 잇몸으로 먹어야 한다.

무총 본단에 들어설 수 없으면 안에 있는 사람에게서 정보를 캐내면 된다.

돈으로 매수하는 짓 같은 건 하지 않는다.

그런 일은 정보를 거둬들이는 데는 편하지만 발각이 되는 날에는 뒷감당이 매우 매섭다.

매수하지도 않고, 침입하지도 않는다. 귀를 쫑긋거리는 행동조차도 당사자 앞에서는 하지 않는다.

그러면서도 개방은 무총은 물론이고 구대문파, 오대세가에서 벌어지는 일을 소상히 파악한다.

이른바 '가위치기' 다.

무총에서 벌어지는 일을 파악하고 싶은데 가까이 다가갈 수 없는 입장이다.

이럴 때는 멀리서 포위한다. 그리고 무총에서 소용되는 물자와 사람을 면밀히 분석한다.

식재료를 공급하는 사람을 안다면 인원의 변화를 감지할 수 있다.

출타하는 사람이 많다면 공급량이 줄어들 것이고, 들어오는 사람이 많으면 공급량도 많아질 게다.

분장수를 안다면 상당히 고급 정보를 파악할 수 있다.

시녀들은 많은 것을 안다.

그녀들이 말을 하는 것은 아니지만 눈치 빠른 박물장수라면 근심이 있는지 기쁜 일이 있는지 단번에 알아챈다.

이런 사람들은 매우 소중하다.

한두 명이 말하는 것은 단편적인 사실이라서 중대한 내용을 파악하기 힘들지만, 수십 명이 자기가 아는 것을 토해놓으면 상당히 중차대한 사항을 알아낼 수 있다.

기가 막힐 노릇이지 않은가.

무총에는 큰 변화가 있었다.

일단 전각이 무너졌다.

멀리서도 환히 보였던 전각이 하루아침에 무너져 버렸으니, 이런 일은 숨기려야 숨길 수도 없다.

거기에 많은 사람이 죽었다.

무총은 시신을 비밀리에 처리했지만…… 이 역시 사람의 손을 빌려야만 하는 일이다.

시신을 치운 사람은 많고, 그들의 입은 한결같지 않다.

전각이 무너지고 많은 사람이 죽었다.

싸움은 지금도 진행 중이다.

지금도 무총에서는 죽은 사람이 나오고 있다. 시신을 계속 치우고 있다.

예전에 죽은 사람들이 폭사했거나 검상을 입고 죽었다면 요즘 죽어 나오는 사람들은 한결같이 암기에 당했다고 한다.

무총에 암기라…… 가산이다!

무총주의 연공실에서 변고가 발생했다.

그 이후의 일은 추론하기가 어렵지 않다. 사일도를 알고, 사약란을 알고, 무총주를 안다면 지금 어디서 무슨 일이 벌어지고 있는지 쉽게 파악된다.

개방의 경험을 바탕으로 한 정보 수집력과 분석력은 타의 추종을 불허한다.

현재 무총은 세상이 발칵 뒤집힐 커다란 사건에 직면했다.

한데 동나의 행동을 보면 정말로 하찮은 일에 매달리고 있다.

뭐라고? 문파가 창건할 때는 무총의 허락을 받아야 한다고? 맞다. 허락을 받지 않고 창건하면 제재를 가한다고? 맞다. 그래도 비무를 통해 정도 문파임을 입증해 나간다고? 그러면 무총이 상당히 곤란해질 것이라고? 맞다.

걸왕들이 전해온 말은 모두 다 맞다.

시각랑과 금룡대가 그런 일을 벌이면 무총은 상당히 곤란해진다.

무총은 무림의 평화를 위해 몇 가지 제약을 가해놨다.

그중의 하나가 새로운 문파가 창건될 때는 정도의 무공인지 판가름을 받아야 한다는 것이다.

이는 다분히 독재적인 냄새가 풍기는 제약이다.

무총에서 이런 말이 나오면 무림은 당장 거부했어야 한다. 하지만 현실은 그렇지 않았다. 무총의 이런 제안은 기존 문파들의 이해와 맞아떨어졌다.

기존 문파는 자신들의 영역에 신흥 문파가 창건되는 것을 원하지 않는다.

어떤 식으로든 충돌이 있을 수밖에 없기 때문이다.

무림은 무총의 제약을 받아들였다.

시각랑과 금룡대는 이런 무림의 약조를 깨려고 한다.

확실히 무총의 금계를 깨는 행동이다.

지금까지 무총을 무시하고 이런 일을 벌인 문파는 없었다. 그래서 실제로 이런 일이 벌어지면 무총이 어떻게 반응할지 오히려 궁금하기까지 하다.

하나 이까짓 일로 무총이 곤란하면 얼마나 곤란하겠는가.

이런 일은 동나가 건드릴 일이 아니다.

다른 때 같으면 어떨지 모르지만 무총 본단에서 사일도가 정면으로 검을 치켜든 마당에 그의 책사라는 자가 취하는 행동치고는 너무 약하다.

분명히 뭔가가 있다.

"다른 건 없나? 다른 데서 들어온 소식이 없냐고?"

"십일영자는 망한 거나 마찬가지인데 뭘."

"망하긴 뭘 망해. 죽었다던 사일도가 살아 있잖아."

"무총 본단에서 일을 벌인 게 정말 사일도가 맞을까?"

"틀림없어. 가산에 뛰어들어 사단을 벌일 사람은 사일도밖에 없다니까."

"사약란이 주화입마 걸린 건 아닐까?"

"절대."

"더럽게 확신하네."

"무총주의 안목이잖아. 확신할 수밖에."

"하기는…… 무총주가 사약란을 연공실에 넣었으니……
허! 사일도가 원하는 건 뭘까?"

"그럴 알려고 동나를 뒤지는 거잖아."

그들은 한 이야기 또 하고 또 하고 같은 말만 반복했다.

그 시각, 부호당(扶護堂) 당주는 용두방주에게 하얀 손수건
을 내밀었다.

"손님입니다."

"손님?"

"홍첩(紅帖) 대신에 이걸……."

부호당 당주는 말을 아꼈다.

몹시 진중한 표정이다. 안색도 행동도 딱딱하게 굳었다.

찾아온 손님이 범상치 않다는 뜻이다.

홍첩 대신에 건네온 하얀 손수건.

용두방주는 짐작 가는 것이 있었다.

"무총이냐?"

"네."

"누가 왔느냐?"

용두방주는 하얀 손수건을 받아 들었다.

손수건은 아무런 의미도 없다.

손수건을 펼치면 금으로 쓴 글씨가 나타날 게다. 딱 한 자, '무(武)' 자가 거만하게 쓰여 있으리라.

총주의 사신이라는 뜻이다.

"망화각주(望和閣主)가 직접……."

부호당주는 말끝을 흐렸다.

개방 부호당의 역할은 크게 두 가지다.

하나는 용두방주의 호법(護法) 역할을 수행하는 것이다. 다른 하나는 특별한 접객(接客) 업무로 용두방주를 찾아온 비중 있는 손님만 맞이한다.

그만큼 부호당주의 안목은 높다.

그런 부호당주가 말끝을 흐렸다는 건 찾아온 손님이 심상치 않다는 뜻이다.

'재미없군.'

용두방주는 하얀 손수건을 펴보지도 않은 채 옆에 놓았다.

"손님을 들이게."

망화각주!

무총은 화평을 바란다는 뜻에서 망화각이라는 전각을 마련했다. 하지만 실제로 망화각에서 하는 일은 평화를 해치는 무리를 조용히 처리하는 일이다.

망화각주가 찾아왔다는 자체가 좋지 않다.

용두방주에게 포권지례를 취한 망화각주는 포근해 보이는 미소를 지었다.

용두방주는 망화각주의 첫말을 주시했다.

'바쁘신데 접견을 허락해 주서서 감사합니다.'

이런 말로 시작하면 평화의 사절이다. 나쁜 일이 있기는 하지만 좋게 해결하고자 한다.

'총주님의 전갈을 가져왔습니다.'

이런 식으로 총주를 거론하면 상당히 좋지 않다. 여차하면 무력을 사용하겠다는 뜻이 포함되어 있기 때문이다.

개방을 상대로 무력을 논할 수 있을까?

다른 곳이라면 어림도 없지만 무총이라면 얼마든지 가능하다.

망화각주가 두려운 게 아니다. 비목대주나 무전각주가 두려운 것도 아니다.

무총에서 겁나는 사람은 딱 한 사람, 무총주뿐이다.

무총주가 분노하면 일파가 몰락한다.

구파일방, 오대세가…… 그 어느 문파를 막론하고 무총주의 분노를 피할 수 있는 문파는 없다.

망화각주가 말했다.

"총주님께서 직접 찾아뵈라 하시더군요."

'제길!'

용두방주는 혀가 깔깔해졌다.

"총주님 말씀을 듣고 나름대로 몇 가지를 수소문해 봤는데,

요즘 상당히 바쁘시더군요. 그래서 뭐 도와드릴 일이 없을까
해서 찾아뵈었습니다.”

“뭐 그렇게까지 신경을 쓰지 않아도…….”

“총주님께서 반드시 일을 받아오라고 하셔서…… 하하! 하
찮은 일거리라도 나눠주시지요.”

용두방주의 미간이 하늘로 치솟았다.

협박인가? 협박이다.

용두방주는 잠시 숨을 골랐다.

이제 자신의 말 한마디에 따라서 개방의 존폐가 갈라진다.
총주를 적으로 돌릴 수도 있고, 좋게 끝날 수도 있다. 물론 자
존심을 굽히고 협박을 받아들여야 되겠지만 말이다.

“총주님께서 어떤 일을 맡아오라고 하시던가? 잘 이해가 가
지 않아서 말일세.”

“걸왕이라는 자들이 있더군요. 개방 무공을 훔쳐 배운 역도
같은데, 그런 자들은 처리해야 되지 않겠습니까? 다행히 저희
가 몇몇 악도를 처리하려고 하는데, 같이 처리하면 어떨까 해
서요.”

용두방주는 눈을 꾹 감았다.

총주가 비웃고 있다.

쓸데없는 짓은 하지 마라. 네가 무슨 짓을 벌이고 있는지 환
히 보고 있다.

용두방주가 힘없이 말했다.

“그리…… 하시게. 총주님께 도와주셔서 고맙다고…… 진

심으로 고마워하더라고 전해주시게."

"그러지요."

망화각주가 웃으며 일어섰다.

망화각주가 돌아간 후, 용두방주는 곧바로 침소에 들었다.

"푹 자야겠다. 깨우지 마라."

그는 망화각주의 방문 같은 건 아무렇지도 않다는 듯 편안하게 침소에 들었다.

그리고 깊은 잠에 빠져들었다.

그가 잠에서 깨어났을 때는 무려 이틀이 지난 후였다. 이틀 동안 한 번도 깨지 않고 내리 잠을 잔 것이다.

부호당주는 이런 일에 익숙한 듯 따끈한 계란탕을 준비해 왔다.

"드시지요."

"며칠이나 지났나?"

"이틀입니다."

"겨우?"

"예. 이번에는 좀 빨리 깨셨네요."

"하하하!"

용두방주는 통쾌하게 웃으며 계란탕을 벌컥벌컥 들이켰다.

그동안 부호당주는 각 당에서 토론한 결과를 보고했다.

“화자당(化子堂)은…… 휴우! 이번에는 안타깝지만 무총의 제안을 받아들이자는 쪽으로…… 전공당(傳功堂)에서도 이번만은 무총을 따르는 것이…….”

부호당주는 말을 잇지 못했다.

“커어! 맛있군. 시원해.”

용두방주가 계란탕을 말끔히 비웠다.

“그래? 부호당은 어때? 자네도 그런가?”

“…….”

침묵은 또 다른 대답이다.

용두방주가 고개를 끄덕였다.

그 누구도 무총을 상대하고 싶어 하지 않는다.

무총이라는 집단도 두렵거니와 무총주의 신화적인 무공은 도무지 감당이 되지 않는다.

개방은 단차라는 처리하기 곤란한 적을 두었다. 이런 마당에 오만 방도를 몰살시킬 수 있는 거대한 힘, 무총을 상대한다는 것은 정말 불감당이다.

“전해라.”

“네.”

“개방의 모든 힘을 걸왕에게 실어라.”

“네?”

부호당주는 잘못 듣지 않았나 싶어서 다시 물었다.

“이 사람이 가는귀가 먹었나. 걸왕을 죽일 수는 없어. 걸왕이 죽으면 개방도 끝난다. 지금이 개방이 일어설 수 있는 최초

이자 최후의 기회야. 몰라? 하하하! 걸왕에게는 단차가 있다. 단차와 걸왕…… 그리고 우리 개방! 충분해!"

"방주님! 재고를!"

부호당주는 털썩 무릎을 꿇으며 소리쳤다.

용두방주는 도박을 하고 있다.

오만 방도의 생명을 걸고 백척간두(百尺竿頭)에 서려고 한다.

"승산없습니다! 승산이 없습니다!"

"허어! 있다니까."

"방주님! 단차는 무총주에게 사로잡혔습니다. 무총주의 손아귀에 걸려들었어요!"

용두방주는 아무 말 없이 일어섰다.

"방주님!"

부호당주는 무릎걸음으로 총총 다가와 용두방주의 두 발을 부둥켜안았다.

"방주님, 이건 안 됩니다. 저희는 무총주를 상대할 수 없습니다. 무총이 사실을 알아채는 건 시간문제……."

"놓게."

"방주님!"

"쯧! 걸개에게 남은 게 뭐가 있다고. 이리 깁고 저리 기운 옷 한 벌뿐인 인생인데 뭐가 그리 아깝나? 거지는 무서운 게 없는 법이네. 잊었는가? 하하하! 총주가 사람을 보내지만 않았어도 망설였을 텐데…… 쯧! 거지는 건드리는 게 아냐."

부호당주는 두 발을 놓고 말았다.

용두방주의 생각은 바위처럼 굳어졌다.

긴 잠을 자고 난 후에 내린 결정은 언제나 확고했다. 한 번
도 생각을 굽힌 적이 없었다. 지금처럼!

3

무총주가 건네준 서신에는 그가 싸워야 할 열 명의 인적 사
항이 적혀 있었다.

무총주는 서신을 건네주면서 진짜 싸움을 해보라고 했다.
현 중원에서 가장 강한 열 명과 손속을 부딪쳐 보라고 했다.

한데 정작 서신에 적혀 있는 사람들이 이상하다.

그들은 열 명 전부가 무림에 낯선 계야부조차도 처음 듣는
생소한 인물들이다.

'목산초자(牧山樵子)?

제일 첫머리를 장식한 별호가 고개를 갸웃거리게 만든다.

계야부는 열 명을 단숨에 훑어 내려갔다.

확실히 이상하다. 그들 중에 무총주는 섞여 있지 않다. 안선
대공도 없고, 동정호의 오대고수도 없다. 구파일방의 장문인
들은 물론이고, 정말 강했던 자로 인식하고 있는 북지단주조
차도 빠져 있다.

이들이 정말 강한 자들일까?

"목산초자라고 아시오?"

길을 가던 무인에게 물어봤다.

"목산초자? 하하하! 목산에 사는 나무꾼인가 보지."

"꼭 찾아야 하는데 모르오?"

"초자가 어디 한두 명이어야 말이지. 목산에 가서 찾아보시오."

제법 내공이 돋보이는 고수조차도 고개를 내둘렀다.

확실히 무총주가 건네준 명단은 이상하다.

그런 현상은 목산을 찾아와서도 마찬가지였다.

중원에는 목산이 세 군데 있다.

하남성(河南省)에 있으며, 호광성(湖廣省)에 있으며, 운남성(雲南省)에 있다.

서신에 목산초자는 제일 첫머리에 있다.

목산초자가 제일 강해서 첫머리에 있는 것이 아니라 그와 가장 가까운 곳에 있다는 뜻이다.

열 명의 인적 사항을 난생처음 들어본 바에야 그렇게 생각할 수밖에 없다.

계야부는 가장 가까이에 있는 하남성 목산을 찾았다.

"목산초자라고 아는가?"

객잔 점소이에게 물었다.

"하하하! 여기 목산초자가 어디 한두 명이어야 말이죠."

점소이는 길에서 만난 무인과 똑같은 소리를 했다.

"그중에 무공을 아는 사람은 있는가?"

"글쎄요? 산에서 사는 사람들이니 모르긴 해도 조금씩은 다

하지 않을까요?”

“목산초자 하면 딱 떠오르는 사람도 없는가?”

“다 고만고만해서…… 특별히 이름난 초자는 없는뎁쇼.”

난관에 봉착했다.

“나이는 마흔 조금 넘었고 몸에 털이 많다고 들었네. 술도 앉은자리에서 말술을 먹는 술고래라고 하던데.”

계야부는 서신에 적혀 있던 그대로 물었다.

서신에는 그를 찾을 수 있는 특징이 적혀 있었다. 한데 그 특징이라는 것이 산에 들어서면 만나는 사람마다 이 사람이 아닐까 싶을 정도로 지극히 평범한 것이었다.

“하하! 손님, 그런 식으로는 찾을 수 없을 겁니다. 목산초자들 중에 절반은 그런 사람인데요.”

정말 그럴 것이다.

사람을 많이 알 것 같은 점소이가 이렇게 말할 정도라면, 그를 찾을 수 있는 단서는 끊겼다고 봐야 한다.

‘결국 찾지 못한다는 뜻이군.’

계야부는 피식 웃었다.

이제야 무총주의 뜻을 조금 알 것 같다.

목산초자는 분명히 존재한다. 세상에 없는 허상의 인물을 적어놓은 것이 아니다. 분명히 실존하는 인물, 그것도 무공이 고강한 자를 적어놓았다.

무총주가 할 일이 없어서 그를 놀리겠는가.

그는 목산으로 들어섰다.

딱! 따악! 딱!

목산에 들어서기 무섭게 초자들이 눈에 띄기 시작했다.

목산은 대규모의 벌목이 진행되는 곳이라서 열 명에 아홉은 도끼를 들고 있다.

일반적인 초자들이 아니라 벌목꾼이라고 해도 좋으리라.

이들 속에서 무총주가 서신에 적어놓은 목산초자를 찾는 일은 하늘의 별 따기다.

계야부는 초조해하지 않았다.

그는 느릿느릿 걸었다.

오르고 또 오르면 못 오를 리 없건만은……

굳이 정상에 오를 필요는 없지만 한걸음, 한걸음 옮기다 보면 정상에 이른다는 생각이 들긴 했다.

그런 걸음으로 정상을 향해 걸었다.

츠으으으읏!

일목의 기운이 사방으로 뻗쳐 나갔다.

그는 누군지 모르지만 사십대 장한, 온몸에 털이 많은 장한과 서로 마주 보고 있는 상상을 했다. 일목 속에서 미래에 있을 일을 현실처럼 그렸다.

그것이면 된다.

일목은 무공으로만 사용하는 게 아니다.

누구와 만나고 싶은가? 그 상황을 그려라. 지금 이 자리에서 만나고 있다고 믿어라.

보통 사람들이 이런 상상을 하면 거의 대부분 망상(妄想)이 되고 만다.

그럴 시간이 있으면 글이라도 한 자 더 외우라고 한다.

쓸데없는 상상은 백해무익하다.

모든 상상은 일목 상태에서 그려내야 한다.

상상 중에는 십 년 후에 벌어질 일도 있다. 지금 당장 손속을 주고받아야 하는 찰나적인 것도 있다.

그 어느 것이나 일목 상태에서 떠올리면 현실로 이루어진다.

그는 그런 이치를 알고 있기 때문에 서둘지 않았다. 조급해 하지도 않았다.

성오존자를 생각했다. 그와 만나서 담소를 나누는 상상을 했다.

단지 상상으로 그친 것이 아니다. 그는 머릿속에 그린 것을 실천에 옮겼다. 성오존자를 찾아서 소림사를 향해 걷기 시작했다.

이 길로 가면 그를 만날 것이다.

그런 생각은 반석과 같았다. 다른 생각은 일절 들지 않았다. 그가 있던 곳에서 소림사로 향하는 길은 십여 갈래가 넘지만 자신이 올바르게 가고 있다는 생각만이 존재했다.

머릿속에 한 가지 생각이 들어차 있을 때, 다른 생각은 범접을 하지 못한다.

어떤 사실에 대해서 확신을 가질 때 불확실은 끼어들지 못한다.

　그는 걸었고, 성오존자가 그를 찾아왔다.

　머릿속으로는 성오존자와 차를 마시며 담소를 나눴다. 아주 평온한 분위기였다.

　실제로는 조금 달랐다. 차디찬 폐허에서 가죽 담요를 뒤집어쓰고 묵묵히 침묵을 지켰다.

　네가 성인이냐! 아! 아니구나!

　이런 식의 어색한 대화만 오고 갔다.

　만난 상황이 다르고, 나눈 이야기가 다르지만 성오존자를 만나야 한다는 확신은 현실로 나타났다.

　세상 모든 것이 이런 식으로 이루어진다.

　'목산초자…… 후후후! 우리 어떤 식으로 싸울까?'

　그의 일목 속에서 목산초자는 이미 나타났다.

　그를 만나는 게 목적이 아니다. 그와 어떤 식으로 겨루는가가 목적이다.

　그는 어느 방면의 고수인가?

　검도창편(劍刀槍鞭) 중에서 어떤 것을 잘 쓸까?

　계야부의 생각은 그와 싸우는 장면을 향해 치달렸다.

　탁! 타악! 타악!

　나무를 찍어내는 도끼질이 매우 능숙하다.

　능숙? 능숙하다는 말은 초자에 대한 모욕이다. 그의 도끼질은 능숙이라는 어설픈 단어로는 설명이 되지 않는다.

‘현묘해.’

계야부는 감탄했다.

그가 지금 눈으로 보고 있는 사람이 무총주가 말한 목산초
자인지 아닌지는 모른다.

그럴 수도 있고, 아닐 수도 있다.

일단 나이는 사십대 중반이다. 온몸에 털이 많은 것 같기도
하다. 다른 곳은 몰라도 턱수염이 거칠게 자랐고, 걷어붙인 팔
뚝이 긴 털로 뒤덮여 있다.

털이 많은 사내인 것도 틀림없다.

탁! 탁! 탁!

사내는 그를 거들떠보지도 않고 도끼질에 몰두했다.

계야부도 말을 걸지 않았다. 묵묵히 나무 기둥에 몸을 기대
고 서서 그가 일하는 모습만 지켜봤다.

우르르릉! 꽈앙!

거대한 고목이 스르르 미끄러지듯 넘어갔다.

그리고 그제야 초자가 고개를 돌려 그를 쳐다봤다.

“목산초자를 찾아왔소.”

“여기가 목산이다. 초자는 많다.”

“단차요.”

“단차가 뭔데?”

“내 이름. 내 이름이 단차요.”

계야부는 빙긋 웃으며 말했다.

이 사람은 무인이 아니다. 도끼를 무인처럼 능숙하게 다루지만 결코 무인은 아니다.

그런데도 무총주는 이자를 최강자 열 명 속에 포함시켰다.

사람을 잘못 찾아왔나?

아니다. 맞게 찾아왔다. 이자는 틀림없이 무총주가 거론한 목산초자가 맞다.

그럼 이자의 무공을 살펴보자.

그의 부법은 어느 정도인가?

생각할 것도 없다. 사내의 부법에는 초식이 없다. 오직 나무를 찍는 단 한 수밖에 존재하지 않는다. 옆으로 찍고, 위에서 아래로 찍고, 아래에서 위로 올려치는 등 수법의 변화는 다양하지만 그것은 찍는 방법일 뿐이다.

초식이 없다.

목산초자와 싸운다? 승부는 이미 끝났다.

목산초자는 종남산 절곡에서 만난 마존보다도 못하다. 아니, 마존은 고사하고 마주들만도 못하다. 마주 밑에 있는 마졸들 중에도 이자를 상대할 사람은 많다.

하면 무총주는 왜 이런 사람을 당대 최강자 열 명이라며 소개했을까? 도대체 왜 그랬을까?

부법(斧法)을 사용할 때의 생각.

그렇다. 도끼질을 할 때, 그는 티끌만 한 잡념도 떠올리지 않는다. 오직 한 점, 자신이 팰 곳만 쳐다본다.

순간의 집중이 아주 현묘하다.

그때만큼은, 그 한순간만큼은 지상 최강의 무인과 다를 바 없다.

무총주는 이런 점을 본 것이다.

딱! 하고 도끼가 나무를 패는 단 한순간…… 그는 중원에서 가장 강한 최강자가 된다.

목산초자는 평범한 사람이다.

그럼 그는 무총주가 누구인지 알까?

알 턱이 없다. 그는 자신이 도끼질을 할 곳만 쳐다보기 때문에 무총주가 얼마나 무서운 사람인지, 얼마나 강한 사람인지 생각할 틈이 없다. 아니, 그런 생각은 왜 하는지 모르겠다.

자신과 상관없는 사람은 생각하지 않는다.

자신이 하는 일과 관계가 없으면 거들떠보지도 않는다.

그에게 무총주는 그런 사람일 뿐이다.

계야부가 깨야 할 것은 그의 도끼가 아니라 그의 영혼이다.

이것은 굉장히 위험한 싸움이다.

병장기를 거둬서 패하면 병가지상사(兵家之常事)라고 치부할 수 있다. 한 번 패했다고 주저앉는 사람은 없다. 복수를 위해 분투하면 그만이다.

영혼의 싸움은 그런 식으로 진행되지 않는다.

그는 목산초자의 일념을 깨야 한다.

도끼질을 하면서 잡념이 들도록 만들어야 한다.

이런 식으로 그의 영혼이 깨지면 그는 영원히 재기하지 못한다. 어쩌면 두 번 다시 도끼를 잡을 수 없을지도 모른다. 늘

술에 취해서 사는 주정뱅이로 전락할 게다.

그래도 싸워야 하는가.

싸울 수 없다.

한 사람을 패배시키는 싸움이라면 얼마든지 할 수 있지만 한 영혼을 타락시키는 싸움이니 할 수 없다.

그런 싸움은 하는 게 아니다.

"술 한잔하시겠소?"

"실없는 소리 말고 찾아온 용건이나 말해."

목산초자는 할 일이 많다는 듯 도끼를 움켜잡았다.

"일 끝나면 술 한잔합시다. 당신 도끼질이 뛰어나다고 해서 구경 왔소."

"싱거운 사람이군. 흐흐흐! 내가 도끼질 하나는 잘하지. 그런데 그런 건 봐서 뭐 하게?"

목산초자의 얼굴에서 흥미가 가셨다.

뭔가 대단한 일을 기대했다가 갑자기 싱거워졌다는 투다.

그는 계야부를 경계하지 않는다. 계야부가 강기(剛氣)를 발산하지 않기 때문에 평범한 길손 정도로밖에 보이지 않는다. 도끼질로 업을 삼는 그가 범부를 두려워할 리 없다.

"거 멀찍이 떨어져 있으쇼. 괜히 다치면 책임질 사람 없소."

목산초자는 계야부를 한쪽에 밀쳐 놓고 나무를 패기 시작했다.

딱! 따악! 따악!

이 사람…… 어처구니없게도 무림이라는 곳을 모른다. 평생 목산초자로만 살아왔다. 평생을 지금처럼 오직 도끼질 하나만 쳐다보며 살아왔다.

'쾌! 일체의 변식을 배제한 쾌!'

목산초자가 정신을 집중할 때, 그의 도끼는 세상에서 가장 무서운 병기가 된다.

그 순간, 계야부는 묘한 충동을 느꼈다.

'저 평정을 깨고 싶어!'

일종의 파괴 본능이 스멀스멀 피어났다.

목심초자의 고요한 모습은 곁에서 지켜보기에 질투가 날 만큼 아름다웠다.

강한 힘이 느껴진다. 절대 무심의 기도도 엿보인다. 선승(禪僧)의 탈속함까지 풍긴다.

저 고요를 깨고 싶다.

계야부는 어금니를 꽉 깨물었다.

입마(入魔)가 찾아왔다.

아름다움을 깨고 싶다는 마음은 분명히 일목 상태에서 얻은 것이 아니다.

그는 그런 생각을 한 적이 없다.

나쁜 생각을 하면 나쁜 결과가 찾아온다는 사실을 안다.

어떤 사람을 미워하면 어떻게 될까? 다른 사람을 저주하면 그는 저주에 빠질까?

아니다. 이때는 힘과 힘의 충돌이 생긴다.

저주받은 대상자와 저주한 사람이 몽투(夢鬪)를 벌인다.

서로가 알지 못하는 사이에 우주 저 깊은 곳에서 싸움이 벌어지는 것이다.

그래서 상대가 이기면 저주하는 마음은 칼이 되어 돌아온다.

저주를 했는데 오히려 자신에게 나쁜 일이 생긴다면 상대가 이겼다고 봐도 좋다. 이래서 저주라거나 상대를 미워하는 마음은 함부로 품는 게 아니다.

계야부는 악심을 품지 않으려고 애쓴다.

무총주에게 심기가 제압당해 있지만 그런 마당에도 무총주를 원망하지 않는다.

이런 상태에서 무총주를 원망하면 오히려 자신이 다치게 된다는 이치를 알고 있다.

그런데 악심이 들었다.

정신을 바짝 차리지 않으면 만취한 사람이 무의식중에 술을 찾는 것처럼 악심에 휘말려 버린다.

"아!"

그는 아무 의미도 없는 탄식을 토해냈다.

악심을 쏟아내기 위해 일부러 소리를 낸 것이다.

목산초자가 그를 흘끔 쳐다봤다. 그러나 곧 다시 모든 정신을 도끼질에 집중시켰다.

딱! 딱! 딱!

도끼가 정확하게 한곳을 후려쳤다.

다른 사람이 열 번, 스무 번들 후려쳐야 할 때 그는 대여섯

번만 후려치면 된다.

　놀랄 만큼 고도의 집중력이다.

　무인들은 목산초자를 보면서 집중력을 배우리라. 일점타격을 배울 수도 있고, 힘의 조절을 눈여겨볼지도 모른다.

　계야부는 순간의 정신만 본다.

　그의 힘은 놀랍지만 절정무인의 눈에는 크게 들어오지 않는다. 일정한 수준에만 올라서면 누구라도 이 정도의 집중과 타격은 가할 수 있다.

　'후웁! 후웁!'

　계야부는 숨을 몰아쉬며 심마와 싸웠다.

　따악! 따악!

　목산초자는 계야부를 아랑곳하지 않고 평정심 속에서 거목만 두들겼다.

　배고픈 호랑이 앞에서 토끼가 깡충거린다.

　토끼는 아무것도 모른 채 재주껏 뛰어다닌다.

　호랑이는 그 모습을 보면서, 순간의 도약력이 되었든 뭐가 되었든 토끼의 장점을 보면서 배고픔을 참는다.

　참으로 힘든 순간이다.

　'일목!'

　목산초자와 즐겁게 담소하는 모습을 그렸다.

　한데 머릿속에 떠오른 생각은 여전히 그의 평정을 깨고 싶다는 욕구뿐이다.

　선과 악의 싸움이랄까?

마음 한구석에 어찌 이런 생각이 숨어 있었을꼬!

이 상황을 빨리 벗어나는 방법은 무조건 떠나는 것이다. 목산초자를 남겨두고 산을 내려가야 한다.

그는 그러지 않았다. 어금니를 꾹 깨물고 초자를 쳐다봤다.

세상에서 가장 강한 자…… 그는 목산초자가 아니라 자신의 마음이다. 그리고 지금 그 싸움을 벌이고 있다.

第百四十六章

지투(知鬪)

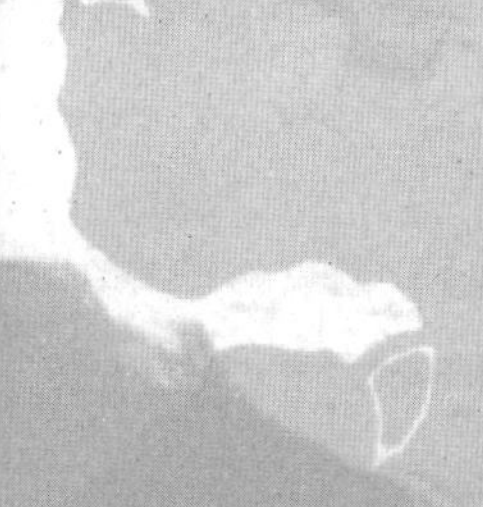

무총에서 비중있는 인물이 누구냐 하는 점은 중요치 않다.

외인이 봤을 때 무총이 정말 큰일 났구나 하고 느끼려면 널리 알려진 사람들을 쓰러뜨려야 한다.

무림을 공포로 몰아넣는 집단, 잔벽도수들을 죽인다.

"제일 먼저 잔벽도수를 죽여요."

"흐음!"

사일도는 재미있다는 표정을 지었다.

"가장 처참하게 죽여야 해요."

잔벽도수는 무총에서 가장 무서운 집단이다.

그들이 나서면 뼈도 못 추린다. 시신이나마 보존하려면 그들이 나섰다는 말을 듣는 즉시 자진하는 것이 낫다.

그런 공포의 대명사를 가장 처참한 방법으로 죽인다.

잔벽도수를 몰살시키면 무총에 대항하는 세력이 등장했음을 알리게 될 것이다.

"만인에게 무총을 따르면 이리된다는 표본을 만들 생각이다."

사약란이 무표정한 얼굴로 오라버니를 힐끔 쳐다봤다.

"동나 생각인가요?"

"맞다. 오래전부터 생각했던 것이지."

사일도가 고개를 끄덕이며 말했다.

"이미 복안이 서 있는데 제 말이 무슨 소용이죠?"

"동나의 생각을 확인해 볼 수 있지. 두 사람의 의견이 일치하면 그야말로 최상의 방법인 게고. 꼭 그게 아니더라도……넌 내 동생이다. 동생이 오라버니를 도와야……."

"그런 말씀은 하지 마세요."

"약란아."

"잔벽도수를 몰살시킨 후에는 무총의 중요 요인들을 줄줄이 죽여야 해요. 무총에 대항하는 세력이 얼마나 막강한지 보여주는 사례가 될 거예요."

"후후! 단단히 토라졌구나."

"절 아직도 동생으로 생각하세요?"

"하하! 그건 천지가 개벽해도 변하지 않는 사실이다."

"그럼 오라버니 스스로 단전을 폐쇄하세요."

"후후후!"

사일도는 귀여운 재롱을 본다는 표정으로 웃기만 했다.

"제게서 가져간 진기들을 토해놓으세요. 하면 오라버니로 인정해 드릴게요."

"그런 일을 하지 않아도 넌……."

"절 동생으로 만드는 방법은 그것밖에 없어요. 그전에는 오라버니는 약탈자일 뿐이에요. 아셨어요? 제게서 진기를 훔쳐간 도둑놈, 사악한 약탈자가 오라버니예요."

"후후후! 하하하하! 귀엽군."

"그러니 제 머리를 빌리는 것으로 만족하세요. 그 이상은 바라지 말란 말예요. 지금은 오라버니와 인연을 끊는 정도이지만 여기서 한발 더 나아가면 오라버니를 저주하게 될 거예요."

사약란이 매섭게 말했다.

사일도도 이번에는 웃지 않았다. 귀엽다는 표정도 짓지 않았다. 대신 진중한 표정으로 고개를 끄덕였다.

"넌 항시 좋고 싫음을 분명히 했지. 아무리 싫더라도 어떻게 정면에서 저리 말할 수 있을까, 조금 체면을 살려주면 좋을 텐데 하고 생각한 적이 한두 번이 아니었다."

"……."

사약란은 들은 척도 하지 않았다.

"후후후! 그런데 내가 그런 말을 들을 줄이야. 알았다. 네 생각을 존중하마. 앞으로 널 동생으로 생각하지 않겠다. 내게 지략을 빌려주는 참모 정도로 생각하지."

"그냥 참모가 아녜요."

"그러냐? 무슨 단서라도 붙는 게냐?"

"협박에 못 이겨서 억지로 지략을 빌려주는 못난 참모 정도
로 해두죠. 그래야 나중에 뒤통수를 쳐도 미안하지 않죠."

"그러자."

사일도가 씁쓸하게 웃었다.

"무총 요인들 중에는 무전각주부터 죽이는 게 좋아요."

"동나도 그런 말을 했다."

무전각주는 무총을 대변한다.

무총 무인들을 총괄하는 위치에 있기 때문에 무총주만큼이
나 유명한 인사다.

무전각주를 쓰러뜨리는 순간부터 무총은 본격적으로 전쟁
상태에 돌입한다.

전쟁은 지금도 진행 중이다. 하지만 중원 무인들은 모른다.
세상 사람들은 무전각주가 쓰러지는 순간부터 전쟁이 개시되
었다고 생각할 게다.

"무전각주에 이어서 호법원주와 비목대주를 동시에 쓰러뜨
려요. 이로써 무총의 삼 각주가 모두 쓰러지는 거예요."

사일도는 짐작하고 있었다는 듯 고개를 끄덕거렸다.

여기까지는 동나와 그녀의 생각이 일치한 듯하다.

"무총 본단은 여기까지. 다음은 사 개 지단이에요. 지단의
중심 인물들을 쓰러뜨려요."

"거기까지만 듣자."

사일도가 손을 들어 그녀의 말을 제지시켰다.

'생각이 달라!'

동나의 생각과 그녀의 생각이 처음으로 갈라졌다.

사일도는 동나를 더 믿는다.

그녀의 말을 끊은 것은 그녀의 말을 들음으로써 생길 수 있는 미혹함을 사전에 방비하자는 뜻이다.

사약란의 말이 옳을까, 아니면 동나의 말이 옳을까.

이런 의문이 생기는 순간부터 그는 결단력을 잃게 된다. 쭉 밀고 나가야 할 순간에 주저하게 된다. 약간만 상황이 어려워져도 다른 길이 있었지 하며 돌아갈 생각을 할 게다.

지자가 두 명이 있을 때는, 그리고 두 명이 모두 똑똑할 때는, 또한 의견이 갈라질 때는 한쪽 말만 듣는 게 낫다.

그는 동나의 말을 먼저 들었기 때문에 사약란의 말을 제지시켰다.

사약란은 자신의 주장을 강요하지 않았다.

듣지 않는다? 그럼 마는 것이다.

그녀가 자리를 털고 일어서며 말했다.

"마음대로 하세요."

퍼엉!

가산 정상에서 폭죽이 솟구쳤다.

오색찬란한 폭죽은 공인(工人)이 오랜 시간 동안 정성 들여 만든 것이다.

'시중에서는 구할 수 없는 폭죽!'

비목대주는 즉각 경계심이 들었다.

가산 정상에서 연락용 폭죽이 솟구쳤다.

폭죽 연락을 받는 사람이 있다. 어떤 밀마가 전해졌는지 모르지만 지금 즉시 명령을 받들어서 행동에 옮길 사람이 가산 이외의 곳에 존재한다.

'비목대가 이렇게 형편없었나?'

그는 고개를 흔들었다.

이번 폭죽에 대한 건도 비목대의 자료에는 빠져 있다. 아니, 사일도에 대한 자료가 너무 미비하다. 그에 대한 자료를 정확하게 수집하지 않았거나, 누군가가 고의로 훼손시킨 것이다.

어떤 상황이건 비목대는 창피함을 느껴야 한다.

'어떤 것이든……'

그는 옆에 늘어서 있는 지자들을 쳐다보며 고개를 끄덕였다.

그들이 사방으로 흩어져 갔다.

사일도의 첫수는 막을 수 없다.

그가 폭죽을 터뜨렸으니 어디선가 사단이 벌어질 것이다.

아마도 무총의 근간을 뒤흔들 아주 중차대한 일이 벌어지지 않을까 싶다.

첫 번째 일은 당해준다. 하나 후속타까지 얻어맞을 수는 없다.

첫 번째 일을 당하는 순간, 사일도가 무엇을 하려고 하는지 깨닫게 된다. 하면 후속타는 얼마든지 막을 수 있다.

그때를 대비해서 온갖 상황을 유추해 낸다.

사일도가 취할 수 있는 모든 일을 가정해 놓는다.

비목대는 지금 그 일을 수행하고 있다. 아무도 빠져나올 수 없고, 들어갈 수도 없는 밀실에서 오직 무총에서 일어날 변괴만 추측하고 있다.

그들의 생각을 취합해 올 열 명의 지자는 무총 이외의 곳에서 그가 직접 선발했다.

무총의 때가 묻지 않은 사람들이니 충분히 믿을 수 있다.

첫 번째 일이 벌어지는 순간부터 반격은 시작될 게다. 그리고 그때가 가까이 다가왔다.

'후후! 두고 보자고, 누가 이기나.'

그 시각, 오색 폭죽을 눈여겨본 사람들이 있다.

'떴군.'

오늘내일 사이에 폭죽이 뜰 것을 알고 있었기에 당황한다거나 놀랍지는 않다.

차분히 계획한 대로 일을 진행시키면 된다.

사일도는 오랜 세월 동안 꾹 눌러 참아왔다.

야망이 되었든 분노가 되었든 무총이라는 거대한 세력을 뒤집기 위한 발판을 준비해 왔다.

그런 그에게 십일영자밖에 없다고 생각하면 아주 큰 오산이
다.

무총사군이라는 존재도 그렇다.

머리가 있는 사람이라면 사일도가 십일영자 이외에 또 다른
세력을 준비해 놓을 것이라는 정도는 생각해 낸다.

그래서 노출시킨 것이 무총사군이다.

그들은 모두 죽음을 각오했다.

흑살군과 홍살군은 시작부터 죽음의 굴레를 덮어쓴다. 청살
군과 백살군도 살 생각은 없다. 그들 역시 가산을 벗어나지 못
하고 모두 죽음을 맞이할 생각이다.

죽음……!

두려운 말이다. 목숨이 붙어 있는 사람이라면 누구든 피하
고 싶은 말이다.

그럼에도 무총사군은 죽음을 두려워하지 않는다.

왜 그런지 아는가?

그 이유를 한 번이라도 생각해 본 적이 있는가?

무총사군은 무총에 몸을 담고 있지만 무총이라면 이를 가는
사람들이다.

그들은 부모 형제를 무총에게 잃었다.

그들의 신분 내력을 정확하게 조사했다면 결단코 무총 입문
이 허락되지 않을 불순 세력이다.

동나는 무총사군의 신분을 감춰주었다.

한쪽은 필요에 의해서, 다른 한쪽은 복수심에서 무총에 입

문했고 무총사군이 되었다.

무총에 원한이 있는 자, 제일 먼저 안선을 떠올린다.

안선도가 되자! 그래서 무총에 복수하자!

그렇게 해서 안선도가 되기도 하고 못 되기도 한다. 안선의 주목을 끌다 보면 선택을 받는 경우도 생기지만 그렇지 못한 경우도 있기 때문이다.

한데 우여곡절 끝에 안선도가 되었어도 그들의 바람은 쉽게 이루어지지 않았다.

안선은 이런 식으로 싸우지 않는다.

그들은 겉으로 보기에는 무총에 못지않은 절대적인 힘을 구비하고 있다. 각 문파에 안선이 있다. 각 세가에 안선이 있다. 이 정도는 천지를 뒤엎고도 남을 것 같다는 생각이 든다.

그런데도 그들은 여전히 때를 기다린다.

안선도 중에 많은 사람이 이런 안선의 태도에 실망했다.

그들은 피를 원한다. 싸움을, 죽음을 원한다.

무총 밖에도 그런 사람들이 있다.

그들은 노출된 적이 없다. 세상을 환히 본다는 비목대조차도 발밑에서 독비(毒匕)가 꿈틀대고 있다는 건 알지 못했다.

십일영자가 모든 이목을 끌어당겼기 때문이다.

그들과 십일영자가 만나면 세상 사람들은 십일영자만 쳐다본다.

그것이 십일영자의 몫이었다.

그들은 다른 사람들의 이목을 오로지 자신들에게 끌어당기기 위해 십분 노력했다.

십일영자의 신분 내력이 심상치 않은 것도, 그들의 무공이 탁월했던 것도, 그들이 오직 사일도에게만 충성을 맹세했던 것도…… 이런 모든 일들이 그들을 범상치 않은 무인들로 보이게끔 만들었다.

당연히 세상은 그들만 주목했다.

그러는 동안 독버섯은 무섭게 자랐다.

무총의 코앞에서, 발밑에서, 턱밑에서…… 언제든 비수를 들이밀 수 있는 위치에서 터전을 잡았다.

그들은 생업을 때려치우고 죽을 준비를 했다.

'첫 번째 일이라면 잔벽도수들을 죽이라는 명령. 드디어 핏빛 설움을 갚을 시간인가.'

죽더라도 만족한 죽음이 되리라.

혹! 후욱! 후욱!

수십 명에 이르는 사람들이 일제히 긴 대롱을 불었다.

대롱에서 발사된 독낭(毒囊)이 십여 장쯤 날아가더니 툭 터졌다.

파아아앗! 후아왁!

사방에서 독무(毒霧)가 피어올랐다.

전각에는 출입구가 모두 열 군데나 있다.

겉으로 드러난 출입구는 네 군데이지만 세상 사람들이 알지 못하는 입구가 여섯 개나 더 있다.

독무는 열 군데를 모두 막았다.

"큭!"

"끅!"

독무 속에서 짧은 단말마가 연신 터졌다.

스읏!

긴 대롱은 분 자 중의 한 명이 손을 들어 올렸다.

그러자 대롱을 버리고 짧은 비수를 꺼내 든 사내들이 메뚜기처럼 분분히 뛰어올라 독무 속으로 뛰어들었다.

쒜엑! 쒜에엑!

칼바람이 독무를 갈랐다.

상대는 유령미종보를 쓴다.

그들의 형체를 잡아낼 수 없다. 눈에 보이지 않는 것을 어떻게 찾아내랴. 하나 없는 듯하다가도 틈만 생기면 불쑥 나타나 검을 찔러 넣는다.

쒜에에엑!

독무 속에서 날카롭게 갈린 삼 척 장검이 뻗어 나왔다.

전각 안의 사람들은 독무를 견뎌냈다. 그들은 유령미종보를 펼쳤다. 그리고 이제 반격을 가해온다.

턱!

삼 척 장검이 육신을 파고들었다. 그 순간,

스윽! 썩!

언제 움직였는지 모를 비수가 삼 척 장검의 주인을 찔렀다.

“컥! 어, 어떻게!”

삼 척 장검의 주인은 자신의 불행이 믿기지 않는다는 듯 눈을 동그랗게 떴다.

유령미종보를 정확하게 꿰뚫어 볼 수 있는 안공(眼功)이라도 창안된 것일까? 살림 살수들도 유령미종보는 찾아내지 못했는데…… 그 엄청난 화약들로도 그들을 잡지 못했는데…… 어떻게 겨우 손바닥만 한 비수로 심장을 찌를 수 있단 말인가.

“흐흐흐!”

비수의 주인공은 만족한 듯 괴소를 터뜨렸다.

두 사람은 거의 동시에 절명했다.

삼 척 장검은 잔혹하다. 그들은 회생 불가능한 상처를 만들었다. 비수도 마찬가지다. 정확하게 심장을 관통했기 때문에 대라신선이 와도 살릴 수 없다.

동사(同死)!

가장 기분 나쁜 일이 여기저기서 벌어졌다.

“유령미종보가 간파당했습니다.”

“…….”

“동귀어진(同歸於盡) 수법에 철저히 농락당하고 있습니다.”

“…….”

“지금이라도 철수를!”

“죽는다.”

“예?”

“우릴 철저히 연구한 자들이다. 후후후! 이런 자들 앞에서는 살 방도가 없는 거야. 얼마나 오랫동안 연구했으면 유령미종보가 간파당했겠나. 저들은 아마도 누가 누구를 죽일 것인지까지 생각해 두었을 것이다.”

“아무리 그래도…….”

“아직도 모르겠나?”

“무슨 말씀이신지 도무지 모르겠습니다.”

“이번 일을 지시한 자는 사 공자다.”

“그건 짐작합니다. 오색 폭죽이 우릴 가리킨 것 같습니다.”

죽음을 인도하던 자들이기에 죽음을 읽을 수 있다.

잔벽도수는 무총 본단에 거처를 두지 않는다.

은밀한 곳에 외따로 떨어져서 정말로 속세를 떠난 고승처럼 외롭게 산다.

적은 그런 곳을 침입해 왔다.

사전에 철저히 조사하고 준비하지 않았다면 감히 일어날 수 없는 습격이다.

철저히 당했다.

무너지지 않으려고 최선을 다하겠지만 아마도 오늘부로 잔벽도수라는 이름은 무림에서 지워질 것이다.

“후후후! 그래, 사 공자가 이번 일을 지시했지. 하지만 이번 일을 계획하고 준비한 자는 따로 있다.”

“짐작이 갑니다. 동나!”

“그래, 동나다.”

“동나, 이 새끼! 이 새끼를 진작 죽였어야 하는데.”

“넌 숨어라.”

“예?”

“동나가 계획한 이상 우리 잔벽도수는 오늘을 넘기지 못한다. 출입구가 봉쇄되었다. 놈들은 철저히 동귀어진 수법으로 나오고…… 빠져나갈 구멍이 없다.”

“섭섭합니다. 그렇다고 저보고…….”

“지금 네 입으로 말했잖나! 동나, 그 새끼를 진작 죽였어야 했다고. 후후후! 숨어라. 어떻게든 살아남아서 동나 그놈을 죽여라. 후후후! 우리 잔벽도수 형제들을 건드린 대가는 치르게 해야지?”

“알겠습니다. 소인…… 따라가지 않겠습니다.”

“살기가 쉽지 않을 게다. 잘 숨어라.”

“넷!”

그들은 서로를 쳐다보며 웃었다.

죽음을 선택하는 게 그리 어려운 건 아니다.

2

잔벽도수가 몰살당했다.

그들의 시신은 나무 기둥에 꼬치처럼 꿰어져 황량한 들판에 전시되었다.

까마귀가 떼를 지어 달려들었다. 늑대들도 수십 마리가 우르르 달려들어 피를 핥아 먹었다.

"저들이 잔벽도수야?"

"그렇대잖아."

사람들은 시신들 앞에 세워진 팻말을 보면서 쑥덕거렸다.

이들이 잔벽도수인지 아닌지 알 수 있는 방법은 없다. 오직 시신들 앞에 세워진 팻말만이 그들이 누구이며, 어떻게 죽었는지를 말해줄 뿐이다.

잔벽도수!

봉문삼문이라는 살림 살수들을 몰살 직전까지 치몰았던 죽음의 도살자들!

그들이 한낱 고깃덩이가 되어 내걸렸다.

"누가 이런 짓을……."

"글쎄 말이야. 누가 감히 무총에게 검을 들이댄 거지? 배짱 한번 두둑하네."

"안선 아닐까?"

"안선이 날뛰기는 했어도 이런 적은 없었잖아."

"그러니까 본격적으로 전쟁을 시작한 게 아닌가 하는 거지."

"에이, 설마…… 가만히 있다가 갑자기 그럴 리가 있나."

사람들은 잔벽도수의 시신에 손도 대지 못했다.

“잔벽도수인가. 후후!”

비목대주는 처참한 시신들을 쳐다보면서 중얼거렸다.

잔벽도수의 시신을 치워줄 사람은 없다.

그들을 죽인 자들이 치울 리도 없고, 안선이 손댈 리도 없다. 그렇다고 무총도 손대지 못한다.

무총 입장에서는 어떻게든 그들의 죽음을 부인해야 한다.

잔벽도수가 시신이 되어서 내걸렸다는 소문이 퍼지는 날에는 무림은 그야말로 폭풍을 만난 것처럼 출렁거린다.

무총에 저항하는 세력이 생겼다.

그들은 가공할 힘과 조직력을 구비했다. 공포의 대명사인 잔벽도수를 하루아침에 몰살시킬 수 있는 거력을 지녔다.

무림이 출렁거리고도 남는다.

더군다나 이번 일은 철저히 함구하고 있는 사 공자의 반란 사건까지 노출시킬 우려가 있다.

다행히 나무에 걸린 시신들이 누구인지 증명해 줄 것은 나무로 만든 팻말밖에 없다.

무총은 그들의 시신을 치우지 못한다.

이쪽도 저쪽도 서로 눈치만 보면서 죽은 사람들이 바람과 햇볕에 바짝 말라가는 모습을 지켜봐야 한다.

이것이 세상 사람들이 삼삼오오 모여서 쑥덕거린 공론이었다.

한데 비목대가 나서서 이들의 시신을 수거하기 시작했다.

시신들이 나무 기둥에서 끌어 내려졌다. 잘린 사지가 맞춰지고, 찢어진 곳은 정성을 다해 꿰맸다.

좋은 나무로 만든 관도 준비되었다.

비목대 무인들이 시신을 정리하는 동안 급히 치워야 할 팻말은 그대로 방치되었다.

무총에게는 시신보다도 팻말이 더 중요하다.

모두들 시신을 치우기에 앞서서 팻말부터 치울 것이라고 생각했다.

비목대는 그러지 않았다. 시신은 정성을 다해 수습하지만 팻말은 아예 거들떠보지도 않았다.

비목대가 시신들을 수습하여 사라진 후, 사람들은 다시 모여 수군거렸다.

"잔벽도수 맞아?"

"맞으니까 수습해 간 것 아냐?"

"이건?"

비목대 무인들은 시신은 수습해 갔지만 '잔벽도수' 라고 적힌 팻말은 치우지 않았다.

"글쎄? 이건 왜 안 치웠지?"

"그냥 도의적으로 치운 거 아닌지 모르겠네."

"그렇지? 나도 그런 생각이 들어. 잔벽도수가 누군데 그렇게 쉽게 당하겠어. 안 그래?"

"이럴 때 딱 잔벽도수만 나타나면 되는데 말이야."

"그러면 속 시원하지."

사람들은 죽은 사람들이 잔벽도수임을 확신하지 못했다. 그러나 누군가가 무총의 심기를 상당히 불편하게 만들었다는 사실만은 분명하게 인식했다.

전쟁이 시작되었다.

"잔벽도수가 당했다. 이런 경우도 상정해 놨나?"

"네, 있습니다."

"잔벽도수부터 건드린 이유는?"

"잔벽도수는 공포의 대명사입니다. 그들은 용서라고는 모르는 들짐승들이었어요."

"안다."

"그런 자들을 죽이면 효과가 크죠. 새로운 세력이 등장했다는 것을 알리는 효과가 있고…… 또 자신들의 힘이 얼마나 강한지도 말해줄 수 있습니다."

"그 효과는 반감되었다."

"저희가 손을 썼기 때문이죠. 딱 적절할 때 손을 썼습니다. 조금 늦거나 빨랐다면……."

"저들이 원하는 효과를 거뒀겠지."

"대주님의 판단이 적절했습니다."

"공치사는 마라. 다음은 뭔가?"

"우리가 효과를 반감시켰지만 그렇다고 해서 완전히 불식시킨 것은 아닙니다. 무총에게 적이 생겼다는 인식만은 분명하게 각인시켰습니다. 그건 저희도 어쩔 수 없죠."

"거두절미! 다음은?"

"무총 요인 암살."

짤막한 말이 튀어나왔다.

"몇 명이나 그런 의견을 냈나?"

"서른 명 중 스물한 명이 같은 의견을 냈습니다."

"칠 할이 넘는군."

"네."

"그럼 그 의견이 맞겠지. 무총 요인 암살이라…… 무총 요인을 암살하면……."

"사 공자께서 전면전을 선포하신 게 됩니다."

"무림은 사 공자인지는 모를 테고?"

"신흥 세력이라는 정도로만 알겠죠."

"전면전이라……."

"무림이 발칵 뒤집힐 겁니다. 가산에서 벌어지는 일도 더 이상 숨길 수 없을 것 같고요."

"그런가. 하면 어느 정도에서 당할 것 같은가?"

"서른 명 중 열여섯 명이 같은 의견을 냈습니다."

"혹…… 무전각주?"

"맞습니다."

"흠! 좋군. 무전각주라. 무전각주는 가산에 있다. 사 공자를 잡기 위해 총력 중이지. 그런 사람을 친다면…… 역시 사 공자인가?"

“그렇습니다. 무전각주를 죽일 수 있는 사람은 사 공자님밖에 없습니다.”

“사 공자를 막을 수 있는 사람은?”

“사 공자님이 총주님의 연공실에서 나왔다는 점을 감안할 때…… 사 소저께서 수련 중에 이런 일이 벌어졌다는 점을 생각할 때…… 죄송하지만…….”

막을 수 있는 사람이 없다.

무전각주는 자신의 목숨을 자신이 지켜야 한다.

사 공자가 정면 승부를 걸어오면 방비할 방법이 전혀 없는 건 아니다. 하지만 사 공자답지 않게 암습이라도 걸어오는 날에는 속수무책으로 당하는 수밖에 없다.

사 공자는 암습을 걸어온다.

그는 명예를 얻고자 싸우는 것이 아니다. 무총을 무너뜨리기 위해서 전력을 다한다.

소위 듣기 좋은 말로 이기기 위한 싸움을 한다.

수단 방법 따위는 아랑곳하지 않는 비열한 싸움이지만 끝이 좋으면 그의 행동은 정당화된다.

이런 싸움…… 그도 잘한다.

그가 웃으며 말했다.

“무전각주와 사 공자 사이를 끊어라.”

“그러자면 가산을 통제해야 합니다.”

“내가 책임진다. 무총주님의 이름을 빌려라. 지금부터 벌어지는 모든 일은 무총주님의 이름으로 행해진다. 방해하거나

가로막는 자는 무총주님의 이름으로 체포, 구금, 처단해도 좋
다."
　"대주님, 그 말씀은!"
　지자들이 놀란 눈으로 그를 쳐다봤다.
　"내가 책임진다고 했잖아. 내 말대로 해. 후후후! 이런 싸움
은 이기고 보는 거야."

　그들은 대주의 독단이 불러올 결과를 걱정했다.
　"다른 건 몰라도 총주님의 이름을 빌려서는 살아남기 힘들
거요."
　"그렇다고 따르지 않을 수도 없지 않은가."
　"반드시 따르라는 법도 없고."
　"후후! 살길은 터놓자는 심산이오?"
　"무전각주 다음에는 누구 차례라고 보시오?"
　"대주님. 그리고 호법원주. 이 셋을 처리해야 표면적으로나
마 무총을 거꾸러뜨린 게 되니까."
　"그렇소. 대주께서 다음 차례란 말이오. 이런 마당에 대주
님의 명령을 받들어야 할지."
　그들은 시간 가는 줄 모르고 토론을 거듭했다.
　결론은 역시 무총주의 이름을 빌려서는 안 된다는 것이다.
또한 그런 식으로 명령을 내리는 비목대주의 명령도 거역할
수 없다는 데 의견이 모아졌다.
　이러지도 저러지도 못하는 처지다.

하지만 그들은 결국 길을 찾아냈다.

"일단 하늘을 가립시다."

"그런 후 은밀히 강을 건너면……."

"강을 건넌 모든 책임은 대주가 지는 것. 후후후!"

그들이 할 수 있는 최선의 행동 방침이 정해졌다.

3

나흘에 걸쳐서 기관진식을 풀어냈다.

청살군, 백살군도 많이 죽였다. 거의 일흔 명 가까운 무인들을 척살했다.

무전각주는 서둘지 않았다.

가산을 물샐틈없이 포위했다.

하늘로 솟구치거나 땅속으로 꺼지지 않는 이상 사 공자가 빠져나갈 구멍은 없다.

빠져나가고자 시도는 할 것이다.

사 공자가 성난 멧돼지처럼 치달려 오면 일시적으로는 뚫리게 되어 있다.

가산을 포위한 무인들은 사 공자를 막지 못한다. 막기는커녕 일초지적(一招之敵)도 되지 못한다.

그들은 사 공자의 움직임을 알려주는 방울 역할만 한다.

결국 사일도의 가슴에 검을 꽂는 사람은 자신이다. 오직 자신만이 그를 막아낼 수 있다.

그는 천천히 거리를 좁혀갔다.

기관진식이 무너지고, 청살군과 백살군이 사라졌다.

이제 그를 막아줄 방어벽은 모두 허물어졌다.

그는 애검을 만지작거리며 중얼거렸다.

"끝낼 시간이 된 건가?"

정상까지의 거리래야 고작 삼십여 장.

무전각주는 정상을 밟기 일보 직전에 그야말로 화가 머리끝까지 치밀 말을 들었다.

"총주님의 전갈입니다. 무조건 물러서시라는⋯⋯."

"뭐야!"

"다시 말씀드립니다. 총주님께서 직접 처리할 테니 각주님께서는 물러서시라는 전갈입니다."

무전각주는 손을 내밀었다.

총주님의 증표를 내놓으라는 소리다.

총주의 전갈을 전하는 자, 마땅히 증표를 내놓아야 한다. 금색으로 무(武) 자가 쓰인 하얀 손수건을 내밀어야 한다. 그렇지 못하면 총주를 사칭한 죄로 즉결처분도 가능하다.

"총주님의 증표는 비목대주님께서 가지고 계십시다. 대주님께 여쭤보시지요."

비목대의 전갈을 가져온 자는 당당했다.

무전각주는 그야말로 화가 머리끝까지 치밀었다.

사 공자를 잡기 일보 직전이다. 거리는 삼십여 장이나 떨어져 있지만 가로막는 것은 모두 제거되었다. 신법을 전개하면 단숨에 뛰어올라 갈 수 있다.

이제 와서 사 공자를 놓고 물러갈 수는 없다.

그렇다고 해서 총주의 명령도 거역할 수 없다.

총주가 직접 처리할 테니 물러가라?

총주와 사 공자의 관계를 모르는 사람이라면 당연한 명령이라고 생각할 것이다. 손자를 죽이는 일이다. 어느 할아버지가 남의 손을 빌리려고 할 것인가.

불행히도 무전각주는 총주도 잘 알고, 사 공자도 잘 안다. 둘 사이의 껄끄러운 감정은 더욱 잘 안다.

총주는 이런 명령을 내릴 분이 아니다.

오히려 당신이 직접 처리할 기회가 있어도 수하를 시켜서 처리하실 분이다.

명령이 반대로 되었다.

"비목대주는 어디 있는가?"

"보고받을 게 있으시다고."

"돌아갔단 말인가!"

"네."

"알았다. 물러가라."

"각주님께서 자리를 비우시는 동안 대신 포위망을 구축하고 있으라는…… 죄송합니다."

무전각주는 얼굴이 붉게 달아올랐다.

어떻게든 사일도와 손속을 맞춰보고 싶었다. 이 시대가 낳은 최고의 기린아와 신나게 드잡이질을 쳐보고 싶었다. 아니다. 호승심 같은 것은 아무래도 상관없다.

사일도와 싸워보고 싶은 이유는 따로 있다.

그는 총주의 무공을 수련했다. 겨우 일, 이성에 불과할지언정 소허태기를 수련했다.

그 맛을 보고 싶다. 소허태기가 어떤 무공인지 곁눈질이라도 하고 싶다.

물론 소허태기를 보지 않은 것은 아니다. 총주께서 적을 살상할 때 사용하는 모습, 봤다. 하나 자신이 막상 당했을 때 어떤 느낌으로 밀려오는지 직접 경험해 보고 싶다.

절정에 이른 소허태기는 감당할 수 없다. 그렇기에 간신히 맛만 보여줄 수 있는 사일도와 겨뤄보고 싶은 것이다.

'정말 안 되는군.'

그는 검을 축 늘어뜨렸다.

안선도는 완벽한 점조직이다.

한 명은 잡을 수 있지만 고구마 캐듯이 줄줄이 캐낼 수는 없다.

그래도 안선도를 잡기 위해서 노력한다. 무총과 안선은 태생부터 원수지간이기 때문에 한 명이라도, 점 하나라도 제거하기 위해 분투한다.

그런 일을 가장 열심히 한 곳이 바로 무전각이다.

무전각 무인들은 심심풀이로 장난이라도 하듯이 매달 한두 명씩은 꼭 잡아 죽였다.

그렇다고 무전각 무인들에게 항의할 수도 없다. 그들이 검을 뽑을 때는 안선도라는 명확한 증거를 먼저 제시했다. 그런 후에 놀리듯이 쳐냈다.

안선이 검을 뽑았을 때 가장 먼저 척결하고 싶은 곳이 무전각일 것이다.

오랜 세월, 그런 모습을 보면서도 참아왔다. 그리고 드디어 명이 떨어졌다.

'낄낄! 무전각주…….'

무전각주의 무공은 각 지단의 지단주와 버금간다. 구파일방 장문인들과 어깨를 나란히 할 수 있다.

그의 성명절기는 태허무극공(太虛無極功)이다.

도가에서 파생된 무공에 그만의 검학을 곁들여서 완전히 새로운 무공으로 재탄생시켰다.

그는 태허무극공의 시조(始祖)다.

육신은 금강불괴(金剛不壞)와 다름없으며, 만독불침(萬毒不侵)을 이룬 지도 오래되었다.

무총주가 아니라면 남의 밑에 있을 사람이 아니다.

"커억!"

무전각주는 거친 소리와 함께 입안에 든 찻물을 내뱉었다.

은은한 녹색의 찻물은 예전과 다름없었다.

하나 찻물이 목구멍 속으로 흘러드는 순간, 타는 듯한 갈증이 솟구쳤다.

'독!'

경각심을 일으켰을 때는 이미 늦었다.

뱃속에 팔팔 끓는 철물이 부어진 듯 극렬한 진통이 일어났다.

도대체 무엇이 만독불침인 그에게 이런 극통을 안겨줄 수 있을까?

'뭐야?'

언뜻 든 생각이지만 그것에도 생각을 집중하지는 못했다.

창자가 가닥가닥 끊어졌다. 심장이 불규칙적으로 뛰기 시작했고, 뇌도 깜빡깜빡 정신을 놓쳤다.

'혈경흘조(血硬蚝蚤)!'

그는 이제야 자신이 무엇을 먹었는지 깨달았다.

혈경흘조…… 동정호 비궁에서 죽은 남만의 독왕 월야사신의 절독이다. 정확하게 말하자면 혈경흘조는 독이 아니다. 살아 있는 생물인 벼룩이다.

흘조의 입이 피각을 찌르면 인간이건 동물이건 피가 흐르는 생물체라면 돌처럼 딱딱하게 굳어버린다. 흘조가 피를 딱딱하게 굳히는 성분을 토해내기 때문이다.

혈경흘조는 월야사신의 죽음과 함께 세상에서 사라졌다.

그런 독이 나타났다.

월야사신이 안선과 함께 움직였던 인물임을 감안하면 자신에게 독을 투여한 사람은 안선도다.

그는 얌전히 찻물을 끓이고 있는 노복(奴僕)을 쏘아봤다.

노복이 빙긋 웃으며 말했다.

"한 잔 더 드시겠습니까?"

"……."

무전각주는 한마디도 하지 못했다.

벌써 온몸이 굳었다. 입도, 입안의 혀도 딱딱하게 굳었다.

노복은 품에서 비수를 꺼냈다.

비수의 날이 검푸르게 반짝이는 것으로 보아서 극독이 묻어 있는 모양이다.

노복은 무릎걸음으로 다가와 속삭였다.

"모두 잘못 생각했어요. 당신을 죽일 사람은 공자가 아니라 노신입니다. 후후후후! 그렇게 노기를 띨 필요는 없어요. 당신 손에 내 자식놈이 죽었으니 피장파장 아닙니까. 당신 가슴에 이 비수를 꽂겠다고 다짐했는데, 약속을 지키게 되어 다행입니다."

노복은 비수를 무전각주의 가슴에 깊이 꽂았다. 그리고 무전각주가 마시던 차를 홀짝 들이켰다.

그의 몸은 무전각주처럼 돌이 되어갔다.

'안선…… 이놈들이…….'

무전각주는 안선이라는 이름을 떠올렸지만 그가 할 수 있는 일은 아무것도 없었다.

“무전각주가!”

비목대주는 눈을 부릅떴다.

무전각주를 죽일 수 있는 사람은 사 공자밖에 없었다. 한데 그와 떨어뜨려 놓은 후, 변을 당했다.

“혈경흘조!”

안선인가? 혈경흘조가 나타났다면 안선을 의심하는 수밖에 없다. 하면 사일도가 안선과도 내통하고 있었다는 말인가?

상황이 의외로 복잡해졌다.

“무전각주가 죽었다. 다음은?”

“……”

그의 지자들은 입을 열지 못했다. 곤란한 안색으로 서로를 쳐다볼 뿐이다.

비목대주는 눈치 빠르게 그들의 침묵을 읽었다.

“나…… 인가?”

“호법원주가 먼저일지, 대주께서 먼저일지 구분할 수 없지만…… 저희 판단에는 그렇다고 나왔습니다.”

“후후후! 내가 그토록 중요한 인물이었던가?”

“비목대주라면 충분히.”

“내가 아니라 비목대주란 말이지?”

“죄송합니다.”

비목대주는 눈빛을 반짝였다.

이제는 정말 생과 사를 가를 순간이 왔다.

이기면 사 공자를 잡을 수 있지만 지면 목숨까지 빼앗긴다.

"호법원주를 앞세우지. 후후! 내가 앞장설 수는 없잖아. 방법을 찾아보자고."

그는 자신이 당할 것이라는 생각은 추호도 하지 않았다.

무전각주까지 죽인 놈들이니 방심을 할 수는 없지만 그래도 자신만은 죽지 않을 것이라는 막연한 자신감이 있었다. 아니, 막연한 것은 아니다.

그는 이제야 비로소 사일도가 어떻게 움직이는지 움직이는 방식을 찾아냈다.

사일도는 전형적인 성동격서(聲東擊西)의 방책을 사용한다. 동에서 치는 척 소리만 질러대고, 정작 싸움은 서쪽에서 벌인다. 누구나 이렇게 생각할 때, 그는 저런 수를 쓴다.

이것은 그의 계책이라기보다는 동나의 수법이다.

이런 수에는 한 번 속지 두 번 속지 않는다.

그는 웃었다.

"후후후! 동나의 수법이 이런 것이었군. 좋았어!"

펑! 펑! 펑!

멀리서 어린아이들이 폭죽놀이를 했다.

철없는 아이들은 평민이 가지고 놀기에는 너무 비싼 폭죽을 마음껏 쏘아댔다.

"이거 어디서 난 거냐?"

"어떤 아저씨가 줬는데요?"

"어떤 아저씨가?"

“몰라요. 이것만 주고 갔어요.”

폭죽을 쫓아왔단 무총 무인들은 남은 것을 회수하는 데 만족해야만 했다.

비목대는 수거해 온 폭죽을 보고 쓴웃음만 지었다.

이미 전갈은 전해졌다.

아마도 바깥에 있는 자들이 가산 정상에 있는 사일도에게 취한 연락일 게다.

무전각주가 죽었다. 하니 다음 명령을 내려달라. 이런 내용이 전달되지 않았을까?

어린아이를 이용하여 소식을 전한다.

아주 고전적인 수법이다.

더욱이 놈은 자신을 숨기지도 않았다. 이런 계획을 완벽하게 추진하려면 어린아이들이 가지고 놀 만한 값싼 폭죽을 쓰면 그만이었다. 한데 놈은 버젓이 비싼 폭죽을 썼다.

성내에서 이만한 폭죽을 만들 수 있는 곳은 한 군데밖에 없다.

당연히 무총 무인들이 그곳도 뒤지고 있다.

그들은 빈손으로 돌아올 것이다.

놈은 무총을 놀리면서 흔적은 남기지 않는다.

비목대주는 동나의 수법을 알고 있기에 당황하지 않았다.

그는 철저하게 준비했다. 완벽하다 싶을 정도로 철두철미하게 준비하고 점검했다.

당분간 허점을 발견하지 못할 것이다.

그에게 질질 끌려가는 것도 감수해야 한다.

그럴 예정이다. 그가 원한다면 호법원주뿐만이 아니라 자신의 목숨까지 내줄 생각이다.

물론 그런 죽음 뒤에는 반드시 암계가 숨어 있다.

여기서 또 한 번 동나를 의식해야 한다. 그는 자신이 만들어 내는 죽음을 믿을까? 자신이 벌일 모종의 수단을 예상하고 또 다른 변수를 쓰는 건 아닐까?

어쨌든 첫 번째 대상은 호법원주가 된다.

만약 그마저 당한다면 자신은 그의 적수가 되지 못한다.

지금은 동나의 수법은 안다고 생각한다. 자신감도 가진다. 하나 호법원주마저 죽으면 그가 자신보다 한 수 위에 있다는 점을 인정해야만 한다.

"후후후! 비공이라면 나처럼 하지 않았겠지? 그렇다면 이건 나를 의식하고 만든 것……. 내가 비목대주에 오른 다음에야 만든 계획이라는 뜻인데…… 나를 지켜봤다 이거지."

알수록 동나가 무서워진다. 또한 무서움이 더해질수록 투지도 샘솟는다.

사일도는 잠시 미뤄둬도 좋다.

지금 그가, 무총이, 비목대가 싸우는 대상은 동나다.

죽은 공명이 산 중달을 쫓아낸다고, 무총에 있지도 않은 동나가 자신을 궁지로 몰아넣고 있다.

그는 어린아이가 가지고 놀던 폭죽을 만지작거렸다.

문득 궁금해진다.

천하제일의 지자는 누구인가? 동나인가, 사약란인가, 아니
면 죽었다고 알려진 비공인가?
그 속에 그는 없었다.

第百四十七章

다단(多端)

　어린아이들이 아무 생각 없이 즐겁게 노는 놀이는 많은 문파에서 밀마로 차용하고 있다.

　연날리기라거나 팽이치기 같은 것은 동작 하나하나에 의미를 부여할 수 있다. 용채 몇 푼만 쥐어주면 쉽게 동원할 수 있는 게 어린아이이기 때문에 응용하는 폭도 넓다.

　폭죽놀이 같은 것은 아예 밀마의 밭이라고 해도 과언이 아니다.

　폭죽의 종류, 색깔, 모양…… 온갖 종류, 온갖 방법을 모두 집약시켜 놓을 수 있다.

　폭죽에는 너무 많은 방법이 존재하기 때문에 단순히 '펑!' 쏘아 올린다는 식으로 해석하면 곤란하다.

폭죽 두 개가 하늘을 물들였다.

하나는 오라버니가 쏘아 올린 것이다.

그것이 잔벽도수의 몰살을 예고한 것이라면 두 번째 쏘아진 밀마는 무엇일까?

잔벽도수를 죽였다는 밀마일까?

아니다. 지금은 매우 긴박한 순간이다. 명령을 하달하면 반드시 이행되었다고 봐야 한다. 일을 그런 식으로 진행시켜야 지 될 수도 있고 안 될 수도 있다는 식은 곤란하다.

일은 진행된다. 그리고 성공한다.

'무전각주까지 죽었어!'

그녀는 폭죽의 의미를 깨달았다.

사일도는 일사천리로 일을 진행시키고 있다. 머뭇거린다거나 숙고하는 모습이 일 푼도 보이지 않는다.

하기는 이런 일을 벌이기 위해 이십 년 이상을 참아왔지 않은가. 대놓고 내놓은 자식 취급하는 할아버지의 핍박을 웃으면서 받아오지 않았던가.

사약란은 미간을 찌푸렸다.

사일도는 아주 큰 모험을 하고 있다.

이런 식으로 일을 진행시키면 무총을 난감하게 만들 수는 있다. 하나 할아버지의 결단을 재촉하는 길이기도 하다.

이제 잔벽도수들이 죽고 무전각주가 죽었으니 할아버지의 결단은 냉혹해진다.

'그렇지 않아도 냉혹한 분……'

그녀는 할아버지의 얼굴을 떠올리는 것만으로도 사일도의 운명이 예감되었다.

손자일망정 죽는다.

그냥 죽이지는 않는다. 사로잡아서 만인 앞에 끌고 나와 본보기로 참살한다.

사일도는 자진이냐 효수로 죽느냐 하는 선택만 남았다.

결국은 그렇게 된다, 결국은…….

그래도 오라버니는 일을 진행시킨다. 아주 단단히 마음먹고 한 치도 망설임없이 쭉쭉 진행시켜 나간다.

지금 상황에서 주변을 살펴보자.

오라버니가 진행시킨 일 중에서 잘못된 점은 없었나?

있다. 그것도 아주 크게 잘못된 부분이 있다.

이번 일은 누가 생각해도 오라버니의 머릿속에서 나온 게 아니다. 오라버니를 그림자처럼 따라다니던 책사 동나, 그가 생각해 낸 반란 기도다.

하면 제일 먼저 그의 위치부터 탐문하게 된다.

자신이 비목대주였다면 어떻게 할까?

무전각주는 가산에 집중하고 있고, 호법원주는 무너진 전각을 포함하여 내부 단속에 치중하고 있으니 모든 결정 권한은 비목대주에게 집중된다.

그런 상황에서 무전각주까지 죽었다.

당분간 사일도는 내버려 둔다.

그는 가산에 포위되어 있으니 앉으나 서나 죽은 목숨이다.

사일도는 내버려 두고 자유롭게 세상을 활보하고 있는 동나부터 잡는다.

그가 이런 식으로 생각했다면 그는 결코 비목대주를 맡아서는 안 될 인물이다.

눈앞에서 벌어진 일만 쫓아가고 있지 않은가.

비목대주는 다인공동체(多人共同體)를 선호한다.

자신의 머리를 믿지 못하고 여러 사람이 함께 숙의한 결과를 전폭적으로 신봉한다.

그런 경우, 매우 큰 위험이 도사린다.

그를 따르는 사람들이 변심을 하면 정말 어이없게 당하고 만다.

어떤 사실을 숨겨도 알 수가 없다. 최선을 버리고 차선을 택해도 알지 못한다. 자신들의 안위를 위해서 대주를 죽음으로 몰아넣어도 묵묵히 따라갈 수밖에 없다.

왜? 그것이 최선인지 알기 때문이다.

자고로 책사라고 하면 자신의 생각을 절대적으로 믿을 줄 알아야 한다. 그런 믿음이 없는 자는 책사의 자격이 없다. 하물며 많은 책사를 휘하에 두고 좌지우지해야 하는 비목대주가 줏대없이 휘둘린다는 건 말도 안 된다.

동나, 그는 미끼다.

모든 사람이 동나를 주목할 때, 무총을 마음껏 요리한 사일도는 유유히 가산을 빠져나간다.

무총은 잔벽도수가 죽고 무전각주가 당한 것보다 상대가 요리하는 대로 휘둘렸다는 점에서 더 큰 창피를 느껴야 한다.

일단, 사일도는 호법원주와 비목대주를 노린다.

그들을 척결하는 순간, 사일도는 가산을 빠져나갈 것……

'아냐! 그전이야!'

생각을 이어가던 사약란은 눈을 번쩍 떴다.

오라버니는 지금 빠져나간다.

만인에게 '내가 여기 있소!' 하고 떳떳이 자신을 드러내고 있지만 벌서 몸은 절반쯤 빠져나가 있는 상태다.

그를 막을 사람은 없다.

무전각주가 살해되었다면 무력으로 치고 나가도 막을 사람이 없다.

호법원주가 와야 한다. 원로원 장로들이 대거 투입되어야 하고…… 그야말로 가산에 무총의 전력을 집중 배치해야 한다. 이런 다급함을 읽어야 한다.

비목대는 곧 자신의 실책을 깨달을 것이다.

일단은 동나를 쫓겠지만 호법원주가 죽고, 비목대주가 죽은 다음에는 뒤늦게야 사일도에게 시선을 줄 것이다.

그는 이미 빠져나간 후이다. 하지만 가산에는 아직도 그의 그림자가 남아 있다.

'나!'

그렇다. 사일도는 사약란을 미끼로 남겨놓고 자신은 빠져나갈 생각이다.

정말 그렇다면…… 오라버니가 정말 그런 행동을 한다

면…… 오누이 간의 정리는 끝난다.

'그러지 마세요! 오라버니, 제발 부탁이에요. 절…… 절……
적으로 돌리지 마세요. 오라버니, 그건 안 돼요. 큰일 나요. 차
라리 절 죽이고 가세요. 그렇지 않으면 오라버니는 결국……
결국……'

그녀는 자신을 안다.

자신이 어떤 사람을 적으로 돌리면 그는 결코 무사하지 못
한다는 것을 안다.

사일도가 적이 되면 그는 비참해진다.

이건 믿어도 좋다. 오라버니 곁에는 동나가 있지만…… 동
나…… 그는 자신을 쫓아오지 못한다. 동나의 머릿속을 환히
들여다보고 있다면 믿을 텐가?

무총 본단을 친 후에는 사 개 지단의 수족을 잘라야 한다.

이것이 일의 순서다.

동나는 사 개 지단을 손대지 않는다. 대신에 안선과 동조하
여 중원 전역에서 불꽃을 피워 올리려고 한다.

사 개 지단에도 안선은 있다.

그는 그들조차도 아깝게 생각한다. 그들을 효율적으로 이용
할 수 있다고 보는 게다.

그가 그렇게 판단한 데는 그만한 이유가 있다.

사 개 지단에 침투한 안선도는 상당히 비중있는 지위를 차
지하고 있다. 그들이 반기를 들면 각 지단은 내부의 일을 봉합
하느라고 외부의 일에 신경 쓸 틈이 없다.

사 개 지단은 굳이 칠 필요가 없으며, 명맥을 유지시킨 후 이용하는 쪽이 더 낫다.

용병술의 달인은 첩자를 죽이지 않는다. 잘 이용해서 역으로 이용할 생각을 한다. 그 일을 얼마나 잘해내느냐에 따라서 역사가 뒤바뀌기도 한다.

동나도 그런 아집에 사로잡혀 있는 것 같다.

자신 같으면 무총 본단과 마찬가지로 사 개 지단도 잘라낸다.

무총을 철저히 무너뜨리면 동나가 일으키려고 하는 작은 불꽃들은 스스로 피어난다.

굳이 불씨를 살릴 이유가 없다.

불씨란 자발적으로 확 피어나게 유도하면 되는 것이다.

이것이 그녀와 동나의 차이다.

동나의 생각이 환히 보인다. 그를 막을 수 있는 방법도 보인다. 동나도 알고 있겠지만 그 방법은 너무 간단해서 방법이라고 할 수조차 없다.

무총주가 직접 각 문파에 전갈을 보내 단속을 강화시키면 된다.

그래도 어기는 문파는 나온다. 동나가 불을 지피면 안선이 들고일어나서 동문들에게 검을 겨눈다. 하면 일벌백계(一罰百戒)로 철저한 본보기를 보인다.

들고일어난 안선이 죽는다. 무총에 협조하던 무인들도 죽는다. 단속을 강화시켰는데, 지키지 않은 데 대한 징계다.

문파를 아예 몰락시켜 버리는 것이다.

그것이 작은 중소문파일 경우도 있다. 오대세가나 구파일방 중 하나일 수도 있다.

어떤 문파이든 처음으로 걸려든 문파는 멸절시켜 버린다.

무총주의 강력한 힘을 보이는 것이다.

이는 중원 전 무인들의 공분을 불러일으키겠지만 안선도들에게는 강력한 경고가 된다.

너희가 일어서면 너희가 그토록 사랑한다던 문파가, 동문들이 죽게 된다. 하니 알아서 해라. 너희 한 몸이 죽는 게 아니라 네가 몸담은 문파가 멸절된다.

강력한 독재이지만 동나의 계략만은 막을 수 있다.

물론 이런 조처는 임시적이다. 곧 유화책(柔和策)을 써야 한다. 그렇지 않으면 정말로 반란이 일어난다.

자신한다. 동나보다 한발 앞서서 조처를 취할 수 있다. 하니 제발 자신에게 등을 돌리는 일만은 하지 말아주기를 간절히 빈다. 천지신명께 빈다.

저벅! 저벅!

묵직한 발걸음이 깊은 밤의 정적을 깨웠다.

"누구냐!"

"나다. 이상없나?"

"이상없습니다!"

"내일 뜨는 해를 보고 싶다면 두 눈 똑바로 뜨고 있어."

“넷!”

순찰하던 무인은 어깨를 툭 치고 지나가는 무인에게 힘껏 고개를 숙였다.

그가 멀리 가자, 무인은 툭 중얼거렸다.

“제길! 사 공자가 이쪽으로 오면 죽은 목숨이나 다름없는데 눈을 똑바로 뜨고 있으면 뭘 해.”

“그러게 말이야. 윗대가리 눈에는 우리가 사 공자를 상대할 수 있을 것으로 보이나 보지?”

“그저 죽은 체하는 게 목숨을 부지하는 길이야.”

“잠든 척하자고?”

“잠든 놈을 죽이고 갈 리 있어? 눈 뜬 놈은 죽이지만 잠든 놈은 내버려 두고 그냥 지나가는 법이야.”

“그거 그럴싸한데.”

“두고 봐, 눈 뜬 놈은 죽고 잠든 놈은 살게 될 테니.”

그들은 수군덕거리며 눈을 감았다.

순찰을 한 바퀴 돈 무인은 산 밑을 향해 걸음을 옮겼다.

그의 앞길을 막는 사람은 없었다.

무총의 경비를 담당하고 있는 철옹대(鐵甕隊) 대주가 지나가는데 누가 막겠는가.

비목대주는 무전각주가 빠진 가산의 경비를 철옹대에게 맡겼다.

어차피 그들은 사일도를 가둬놓는 것으로 족하다. 그 이상은 바라지도 않는다. 그저 제 몫만 다해내면 된다. 사일도가 빠져나가려고 할 때 비상종만 칠 수 있으면 된다.

그런 점에서 보면 무총의 경비를 담당해 온 철웅대가 경험도 많고 인원도 많아서 아주 적격이었다.

그는 가산을 내려와 무총주의 거처인 태화각으로 들어섰다.

"오셨습니까?"

경비를 서던 무인들이 일제히 허리를 굽혔다.

"수고가 많다. 안에 누가 계신가?"

"아무도 없습니다."

"호법원에서는 기별이 없었고?"

"모두들 비상사태라서……."

그는 고개를 끄덕였다.

무전각주의 죽음은 무총을 뒤흔들었다.

절대적인 무위를 선보이던 그가 죽었으니 그 누가 안심할 수 있을까. 사 공자가 죽이고자 하면 어떤 자도 죽일 수 있다. 표적이 되지 않기를 바라는 게 최선이다.

무전각주는 독살당했다.

이는 서로를 불신하게 만든다.

무총 무인들은 자신을 수발 드는 종복들까지 믿을 수 없었다. 수하는 물론이고, 시녀들까지…… 매 끼니마다 내오는 식사마저도 안심하고 먹을 수 없게 되었다.

무총은 비상사태에 돌입했다.

사정이 이러니 자신의 거처를 떠나서 다른 전각을 방문한다는 것은 상대에 대한 실례가 된다.

이럴 때는 가급적 움직이지 않는 것이 타인에 대한 배려다.

철옹대주는 태화각으로 들어섰다.

평소 같으면 호법원 무인들이 예리한 눈을 번뜩이고 있으련만…… 지금은 아무도 없다.

무총주가 자리를 비웠기 때문에 특별히 할 일이 없다.

호법원주가 노림을 받는다는 소문도 큰 몫을 한다. 몸담고 있는 조직의 수장이 노림을 받는다는데 모른 척할 수가 없다.

호법들은 모두 호법원에 밀집되어 있다.

철옹대주는 아무런 간섭도 받지 않은 채 태화각 깊숙이 들어섰다.

긴 회랑이 보인다.

회합이 있을 때면 좌우로 기라성 같은 고수들이 늘어서 있는 곳이지만, 지금은 쓸쓸하기만 하다.

뚜벅! 뚜벅!

회랑을 걸어 용 문양이 새겨진 의자에 도달했다.

전면에 금을 사백 냥이나 들여서 만든 글씨가 보인다.

무(武)!

이 글씨를 새겨 넣을 때만 해도 무총주의 야심은 하늘을 찔렀다.

온 세상을 휘어잡으려고 했고, 모든 사람은 발아래 굴복시키고자 했다.

그는 하고자 했던 일을 완수했다.

지금은 성을 쌓는 축성(築城) 단계가 아니라 성을 방어하는 수성(守城) 단계다.

이룬 것을 지킨다.

그는 용무늬의 의자를 돌아서 금 글씨 앞으로 다가섰다.

"할아버지…… 후후후!"

가는 웃음이 흘러나왔다. 그와 동시에 그의 손에서 하얀 섬광이 번뜩였다.

쒜에엑!

어느새 뽑힌 검이 금빛 글씨를 산산조각 냈다.

무음(無音), 소리가 없다. 무기(無氣), 검기가 스며 있지 않다. 무광(無光), 빛이 없다.

산산조각 난 글씨를 보면 그의 무위가 읽힐 것이다.

"후후후!"

그는 가는 웃음을 흘리며 인피면구(人皮面具)를 벗었다.

지금쯤 진짜 철옹대주는 가산에서 찬바람을 맞고 있으리라. 수하들을 독려하면서 물샐틈없는 방어막을 형성할 게다.

그는 손에 든 인피면구를 용무늬의 의자 위에 올려놓았다.

자신이 한 일을 숨기지 않는다.

가산을 빠져나온 방법, 인피면구의 종류까지 낱낱이 드러낸다.

단순하게 무총만 쓰러뜨리는 것이라면 이럴 필요까지는 없다. 앞으로 치고 나갈 일만 해도 까마득한데, 사소한 문제까지 감정을 곁들여 가면서 살필 여력이 없다.

그래도 한다. 해묵은 감정을 이런 식으로라도 풀어야 한다.

그는 용무늬 의자를 옆으로 밀었다.

의자 밑에는 깊은 굴이 뚫려 있고, 굴은 수로(水路)로 이어진다.

젊었을 적의 무총주는 조심성이 대단했다. 거처는 물론이고 집무실이나 회의실에도 비상 탈출로를 마련했다.

지금은 모두 잊힌 곳이다.

할아버지는 의자 밑에 이런 곳이 있다는 것을 알까? 수로로 이어지는 비상 탈출로를 당신께서 직접 만들었다는 사실을 기억해 낼까? 너무 오래된 일이라서, 그리고 지금은 필요없는 시설이라서 잊고 살지는 않을까?

지금의 무총주에게는 젊었던 날의 추억을 회상하는 장소로 전락해 버렸다.

그는 그곳으로 몸을 날렸다.

휘이잉!

찬바람이 분다.

가산 정상은 야트막하다. 무총을 굽어볼 수 있는 곳이기는 하지만 무인에게는 그리 큰 산이 아니다.

사약란은 그곳에서 어둠에 잠긴 무총 본단을 쳐다봤다.

다른 때 같으면 휘황찬란한 불빛이 밤새도록 꺼지지 않을 곳인데, 지금은 온통 어둠뿐이다.

사일도가 저지른 살인은 무총에게도 타격을 주었다.

무총은 극심한 변화에 대응하느라 부산하다. 앞으로 전개될 살인을 대비하느라 눈에 불을 켜고 있다.

사약란의 눈에는 그런 모습들이 보였다.

휘이이이잉!

한겨울의 매서운 찬바람이 그녀의 얼굴을 훑고 지나갔다.

춥지 않다. 칼날 같은 찬바람도 그녀의 헝클어진 마음을 가다듬어 주지는 못한다.

'오라버니!'

저 어둠 속에 오라버니가 있다.

오라버니가 어떻게 탈출했는지 짐작할 수 있다.

할아버지에게 반기를 들기 위해서 이만한 준비를 한 분이라면 빠져나갈 방법도 준비했으리라.

철옹대는 경비에 대한 경험이 많지만 또 그만큼 습관화되어 있다.

고벽(痼癖)이 생긴 것이다.

그 틈을 파고들면 얼마든지 빠져나갈 수 있다.

적당한 사람으로 변신만 해도 가산을 내려가는 정도가 아니라 무총을 빠져나가는 것까지 식은 죽 먹기다.

하나 자신 같으면 그리 쉽게 나가지 않는다.

먼저 할아버지의 정신을 훼손한다.

태화각에 있는 대자(大字)를 부숴 버린다. 그리고 보란 듯이 할아버지의 탈출로를 통해서 빠져나간다.

할아버지, 고마워요. 할아버지가 만들어준 탈출로 덕분에 아주 쉽게 빠져나가네요.

오라버니는 태화각을 통해서 빠져나갔으리라.

"그렇게 하지 말라고 했건만……."

이제 오라버니는 죽었다.

이 세상에는 오직 사일도라는 이름을 가진 사내만 살아 있다.

그는 적이다. 자신을 겁박했고, 죽음 속에 남겨두었기 때문에 모른 척할 수는 없다.

그나마 다행은 그가 떠나면서 한 통의 서신을 남겨두었다는 점이다. 딱 한 글자만 쓰인 서신이지만 그래도 말없이 떠난 것보다는 백번 낫다.

적어도 약속은 지켰다.

단차!

'단차?

단차라는 이름이 의미하는 바는 크다.

그 이름을 접한 사약란의 심정은 더욱 착잡했다.

계야부는 살아 있다.

단차!

이 두 가지의 말을 조합하면……. 그가 왜 자신을 모른 척했을까?

몇 번을 만났는데 아는 척하지 않았다.

타인인 줄 알고 손을 썼는데, 그런데도 자신이 누구인지 밝히지 않았다.

그럴 수밖에 없었을까?

그는 모든 것을 내놨다. 내공을 전부 잃었다. 목숨을 건진 것만도 천운이다.

그런 그가 어떻게 단차 같은 고수가 되었을까?

그러고 보니 시각랑이 그와 함께 움직인다.

그들은 단차의 정체를 알고 있지 않을까? 그러면서도 자신에게는 서신 한 통 보내주지 않은 건가?

그들이 야속한 것인가, 아니면 자신이 틈을 내주지 않은 건가.

단차를 만나봐야 한다.

그가 그 사람이다.

이런 사실을 알았으면서도 그녀의 심정은 흥분으로 들뜨지 않고 착잡한 느낌만 든다.

그에 대한 애정이 생각나지 않는다.

그가 어떤 사람인지 기억에 남아 있지 않다. 그의 손길, 그의 입김이 기억에 없다.

무덤덤하다. 낯선 이름을 들었을 때처럼 담담하다. 그래서
착잡하다.

"휴우!"

그녀는 가는 한숨을 토해냈다.

2

"술 한잔했으면 좋겠다."

"한잔하련?"

"말만 하지 말고 있으면 줘요."

노인은 허리춤에서 호로병을 끌어내 여인에게 건네주었
다.

여인은 뚜껑을 열고 냄새부터 맡았다.

"크으! 아, 독해."

여인은 미간부터 찌푸렸다.

"술은 이런 게 진짜 좋은 게야."

"이까짓 화주(火酒)가 뭐가 좋아요!"

"허허허! 모르는 소리 하고는……. 진짜 술꾼은 화주만 찾는
다는 걸 모르는구나. 마시지 않으려면 이리 주고. 계집애가 아
주 배가 불렀어, 이것도 없으면서."

"할아버지!"

"귀 안 먹었다. 소리 빽빽 지르지 마라."

노인과 여인은 티격태격하면서 산길을 걸었다.

여인은 호로병에 든 술은 단숨에 들이켰다.

꿀꺽! 꿀꺽!

독한 화주가 시원스럽게 흘러들었다.

"어! 야, 이 계집아! 다 마시면 어떡해!"

"돈 몇 푼 되지도 않는 것 가지고 너무 쩨쩨하게 굴지 마세요. 자요, 밑바닥에 조금 남았다고요!"

여인은 빈 호로병을 건넸다.

노인은 툴툴거리면서 호로병을 받았지만 표정은 나쁘지 않았다.

"얼마나 더 가야 돼요?"

"모르겠다."

"목적지도 모르죠?"

"허허허!"

"정말 모르겠어. 그까짓 의살이 뭐 그리 중요하다고 모두 목을 매는지. 할아버지, 정말 할아버지도 의살 앞에서는 꼼짝 못해요? 몇 수 정도나 버텨요?"

"허허허!"

노인은 어처구니없다는 듯 웃음만 터뜨렸다.

"웃지 말고요. 나는 심각하다고요."

"왜? 그놈이 의살을 수련해서?"

"아뇨. 그게 왜 심각해요. 무총주가 의살을 탐내니 그게 심각한 거죠. 그 사람이 의살까지 수련하면…… 호호호! 우리 할아버지 정말 큰일 나겠네."

"즐겁냐?"

"말해봐요. 그런 일이 생기면 천하에 발붙일 곳이라도 있어요?"

"그런 너는?"

"제 걱정은 마세요, 그 사람이 막아줄 테니까."

"널? 널 왜?"

"제 오라버니니까요."

"빛 좋은 개살구?"

"뭐요!"

"아니다, 아니야. 허허허! 고거 한마디만 더 하면 눈에 쌍심지 돋겠다."

두 사람은 한시도 가만히 있지 못했다.

그런 두 사람의 입이 동시에 뚝 닫혔다.

츠으웃! 파파팟!

무형기(無形氣)가 허공에서 부딪친다.

염라왕야가 쏘아낸 무형기는 하늘을 뒤집을 정도인데, 산길 한 귀퉁이에 앉아 있는 괴인은 꿈쩍도 하지 않는다.

괴이한 모습을 하고 있다.

그리 크지 않은 체형으로 보이는데, 전신을 검은 천으로 뒤집어쓰고 있다. 피풍의(皮風衣)도 아니고, 그냥 검은 천을 쓱쓱 잘라서 덮어쓴 것 같다.

"할아버지!"

하위미의 눈가에 파란 불꽃이 일렁거렸다.

그녀는 단숨에 상대의 무공 경지를 알아봤다. 염라왕야가 알아본 것을 그녀도 본 것에 지나지 않지만, 그래도 할아버지를 부를 수밖에 없었다.

길을 가로막고 앉아 있는 괴인은 두 사람이 합공을 가해도 승산이 없을 정도로 절대 무위를 뿜어낸다.

실제로 그런 일은 있을 수 없다.

오대고수 중의 한 명인 염라왕야가 누구인데 합공을 하겠는가. 하위미 또한 마찬가지다. 그녀가 수련한 투살진기는 하늘 높은 줄을 모르는 절대 무공이다.

진짜 싸움이 벌어진다면 승부를 예측하지 못한다.

"인사드려라. 안선 대공이시다."

염라왕야가 차분하게 가라앉은 음성으로 말했다.

그의 두 눈이 전신을 온통 검은 천으로 가리고 있는 괴인에게 딱 붙어서 떨어지지 않았다.

그만큼 염라왕야도 긴장하고 있다.

"인사드려도 될까요?"

"쿨럭! 쿨럭!"

전신에 뒤집어쓴 검은 천 사이에서 거센 기침이 터져 나왔다.

'기혈이 손상되었다!'

하위미는 괴인의 상태를 짐작해 냈다.

상당히 중한 내상을 입었다. 하루 이틀 사이에 치료될 성질의 것은 아니고 몇 년, 길게는 몇십 년 정도 요양을 해야 할 만큼 중한 내상을 입었다.

그 때문에 기혈이 제대로 흐르지 않는다.

기침을 토해낼 때마다 오장육부가 쏟아지는 고통을 당할 것이라는 짐작이 든다.

"하위미라고 해요."

그녀는 두 손 모아 포권지례를 취했다.

"쿨룩! 왕야, 후인인가?"

안선 대공은 염라왕야를 잘 아는 듯 친근하게 말했다.

"서로 말을 섞을 정도로 친한 사이는 아닌 듯하오만."

염라왕야는 시종일관 담담했다. 그렇다고 긴장을 늦추지도 않았다. 언제든 손을 쓸 수 있도록 만반의 준비를 갖추고 조용히 심기를 가다듬었다.

염라왕야가 할 수 있는 최대한의 준비를 갖춘 것이다.

이런 점으로 미루어보면 안선 대공은 결코 벗이 아니다. 한두 번쯤은 서로 손속을 맞대본 경험도 있는 것 같다.

어쨌든 지금 이 순간만큼은 기습을 당했다.

안선 대공이 느닷없이 나타났고, 이는 염라왕야에게는 기습에 속한다.

"쿨룩! 쿨룩! 앉게."

괴인이 거센 기침과 함께 손을 들어 앞자리를 가리켰다.

그곳에 한 사람이 앉을 수 있는 작은 바위가 있다.

괴인과는 일 장쯤 떨어진 곳인데, 두 사람의 무위로 미루어보면 먼저 기습하는 쪽이 절대적으로 유리하다.

안선 대공은 싸울 뜻이 없다는 듯 전신 기력을 쫙 풀었다.

그래도 염라왕야는 맞은편 바위에 앉지 못했다.

"이대로 말씀을 들어도 될 것 같습니다만."

"할아버지!"

옆에 있던 하위미가 깜짝 놀라 염라왕야를 쳐다봤다.

그녀는 할아버지가 이토록 긴장하는 모습을 처음 보았다. 아무리 적이라도 그렇지…… 싸울 뜻이 없음을 내비치며 맞은편 자리를 권하는데 이조차 받아들이지 못하고 있다.

마음의 여유가 없다는 뜻이다.

동시에 손을 쓰면 이길 승산이 없다는 뜻이기도 하다.

일 장 거리에서 기습을 받으면 피할 길이 없다. 또 자신이 먼저 기습을 가해도 승산이 없다.

그런 절대적인 무인을 만났을 때만 이런 행동을 취하는 것이거늘.

"이 아이는 보내줬으면 좋겠소."

"싸우고자 온 게 아니네. 그럴 필요 없네."

"용건을 들어봅시다."

염라왕야는 한 걸음도 움직이지 않았다.

"단차를 아는가?"

"……."

"계야부라고 하는 게 좋겠지. 그놈이 의살을 제대로 배웠다고 생각하는가? 다른 문제는 전혀 없다고 보는가? 저대로 놔둬도 괜찮다고 보는지 묻는 것이네."

“괜찮다는 판단이오.”

“쿨룩! 쿨룩! 쿨룩!”

대공이 심한 기침을 토해냈다.

‘울화(鬱火)!’

하위미는 대공에게서 눈을 떼지 않았다.

할아버지가 긴장하고 있는 만큼 어느 한순간도 놓치지 않고 주시했다.

안선 대공은 가슴에 화가 미칠 때마다 기침을 토해낸다.

깊은 생각이 기침을 끌어낸다. 희로애락에 신경이 미칠 때마다 기침을 쏟아낸다.

일종의 울화다.

그는 계야부의 의살이 괜찮냐고 물었고, 할아버지는 괜찮다고 대답했다. 그 순간, 기침이 쏟아졌다. 다시 말해서 할아버지의 대답이 마음에 들지 않는다는 뜻이다.

하면 계야부에게 문제가 생긴 것인가?

“무총주는 그 아이에게 십전지투(十全之鬪)를 시키고 있네. 첫 번째 상대는 목산초자. 쿨룩! 쿨룩! 어떻게 생각하는가?”

하위미는 처음으로 대공에게서 눈을 돌려 할아버지를 쳐다봤다.

십전지투?

얼핏 들으면 좋은 것 같은데, 나중 말을 들어보면 나쁜 것 같기도 하다. 십전지투를 시키고 있다. 어떻게 생각하느냐? 완벽해지는 싸움을 전개하고 있는데, 어떻게 생각하느냐니?

"이겨낼 것이오."

"쿨룩! 쿨룩! 후후후! 진심인가? 쿨룩!"

"진심이오."

"쿨룩! 자넨 정인(正人)인가?"

"정사(正邪)의 기준을 버린 몸들 아니오. 새삼스럽게 따지는 이유가 무엇이오?"

"그 아이는 절대로 십전지투를 이겨내지 못하네. 쿨룩! 쿨룩! 한데 자네는 이겨낸다고 하니, 그 이유가 궁금해졌네. 정말로 이겨낸다고 보는 건지, 아니면 방치하는 건지."

"대공의 뜻은 어떻소?"

"말했잖나, 이겨내지 못한다고."

"그래서 어쩔 생각이오?"

"됐네. 쿨룩! 쿨룩! 그 말로 자네 뜻을…… 쿨룩! 알았네. 쿨룩! 내가 잘못 찾아왔군."

대공이 일어섰다.

긴 침묵이 흘렀다.

안선 대공은 나타날 때와 마찬가지로 갈 때도 소리없이 떠나갔다.

그가 어디로 어떻게 사라졌는지 알 방법이 없다. 조금 비틀거리며 걷는다 싶더니 어느새 사라져 버렸다.

굉장히 특이한 신법이라는 기억만 남는다.

그 후, 염라왕야는 굳은 듯 서 있다.

시간이 흐르고, 또 흐르지만 움직일 생각을 하지 못하고 있다.

하위미도 침묵을 깨지 않았다.

그녀는 산길 귀퉁이에 있는 돌 위에 앉아 손으로 턱을 괸 채 생각에 잠겼다.

안선 대공의 말뜻은 명확했다.

계야부가 위기에 처했다.

모든 사람들이 이를 안다.

안선 대공은 염라왕야를 찾아와서 너는 어떻게 생각하느냐, 손을 놓고 있을 것이냐는 물음을 던졌다.

염라왕야는 그래서 어떻다는 것이냐고 반문했다.

다시 말하면 손 놓고 지켜볼 수밖에 더 있냐는 뜻이 된다.

할아버지는 계야부에게 밀착하다시피 다가섰다. 계야부와 뜻을 같이했다. 아니, 그런다고 믿어왔고, 지금도 그럴 것이라는 생각에 변함이 없다.

안선 대공의 말을 들어보면 그게 아니지만…… 그렇게밖에 말할 수 없는 사정이 있을 것이라고 생각한다.

"할아버지, 정말이에요?"

무심코 툭 던졌다.

"그 사람…… 위험해요?"

염라왕야는 눈을 감아버렸다.

"십전지투가 뭔데 이 난리래요?"

"위미야!"

"갑자기 모든 게 시들해지네요. 할아버지, 이백(二伯)과 삼백(三伯)은 할아버지 혼자 따라가세요. 전 같이 갈 수 없을 것 같아요. 그렇죠?"

"대공이 왜 찾아왔는지 아느냐?"

염라왕야가 눈을 감은 채 말했다.

"왜요? 왜 찾아왔어요?"

"무총주를 유인해 달라는 뜻이다."

"……!"

하위미가 고개를 들어 할아버지를 쳐다봤다.

염라왕야의 얼굴에 수심이 깃들었다. 아주 깊은 수심……말로 할 수 없는 번뇌가 얼굴에 가득했다.

할아버지는 늘 웃는 얼굴이었다.

즐거워도 웃고 화가 나도 웃는다. 싸움 직전에도 웃음 띤 표정으로 상대를 쳐다본다.

절대적인 여유가 있으니 그렇겠지만 웃음 그 자체가 습관이 되어 있기도 하다.

그런 분이 번뇌에 휘감겨 있다.

"무총주를 유인해 달라고요?"

"대공도 무총주를 상대하지 못한다는 뜻이다."

"그렇게나……."

하위미는 정말로 놀랐다.

그녀가 본 안선 대공은 무적에 가까웠다. 자신과 할아버지가 합공을 취해도 이겨낼 수 있을지 의문스러웠다.

그런 사람조차도 무총주를 겁내고 있다.

'혼자 상대할 수 없어서 할아버지를 찾아왔다고? 이게 말이 나 되는 소리야?'

"허허허! 무총주는 모든 것을 뒤로하고 오직 그놈에게만 매달려 있다. 손주 놈이 무총 본단에서 난을 일으켜도 눈 하나 깜짝이지 않고 놈만 쳐다본다. 그런데 그런 사람의 눈앞에서 놈을 빼내온다는 게 가당키나 한 소리냐."

"대공의 뜻이 그것인가요? 그 사람을 빼내오는 거요?"

"그렇다."

"확실해요?"

"위미야!"

염라왕야는 불현듯 어떤 생각이 들었는지 눈을 번쩍 뜨고 하위미를 불렀다.

"저도 할아버지만큼 자격이 있죠?"

하위미가 생긋 웃으며 말했다.

"너, 너!"

"제가 무총주를 상대할 거예요. 그동안 대공이 그 사람을 빼내올 수 있겠죠?"

염라왕야는 입을 꾹 다물었다.

하위미의 표정이 결연하다.

그녀가 계야부를 어떻게 생각하고 있는지 알기 때문에 막을 수 없다는 것도 안다.

손녀는 무슨 일이든 할 것이다.

"휴우!"

염라왕야는 가는 한숨을 쏟아냈다. 그리고는 속삭이듯 말했다.

"대공, 이 늙은이의 목숨이 그렇게 탐나셨소. 허허허!"

십전지투!

심마(心魔)와의 싸움이다.

심마의 종류는 수천 가지에 이르지만 심마로 빠져들 수 있는 길은 크게 열 가지로 대별된다.

무총주와 오대고수 정도 되는 초고수들의 이야기다.

그보다 못한 사람들은 심마가 불현듯이 찾아오지만 이들 초고수들은 예정된 경로를 통해서 예정된 수순을 밟아 올라가면 반드시 심마에 빠진다는 사실을 알아냈다.

그 열 가지 길이 십전지투다.

다시 말해서 열 가지 경우만 이겨내면 어떠한 마공이나 사공도 견뎌낼 수 있다는 뜻이 된다.

아무런 부담 없이 모든 무공을 수련할 수 있다.

십전지투만 이겨내면 악마의 무공이라든지, 절정에 이르면 심성이 변한다든지, 살심이 지나쳐서 마성에 빠져들고 만다는 식의 제약이 모두 사라져 버린다.

십전지투 자체가 마음을 단련하는 고도의 수련인 셈이다.

한데 십전지투를 찾아내자 새로운 문제가 생겼다.

　―견뎌낼 수 있는 사람이 없다!

　그렇다. 인간의 모습을 한 사람 중에는 십전지투를 끝까지 견뎌낼 만한 사람이 없다.
　무총주도 마찬가지다. 도전을 했지만 실패했다.
　안선 대공도 같은 길을 걸었다. 도전했고, 커다란 좌절감을 맛봤다.
　무공이 하늘에 이르렀다고 자부하는 사람들은 당연한 과정처럼 십전지투에 도전했다.
　십전지투를 이겨낸다고 해서 무공이 일취월장하는 것은 아니다.
　이미 궁극에 도달한 그들이 새삼스럽게 마공이나 사공을 탐낼 이유도 없다.
　십전지투가 주는 효능은 그들에게는 아무런 효험도 없다.
　다만 십전지투를 이겨낼 만한 사람이 있느냐 없느냐 하는 자존심 싸움이다.
　무총주는 그런 일에 계야부를 투입했다.
　인간의 무공으로 십전지투를 이겨낼 수 없다면 하늘의 무공이라는 의살로는 이겨낼 수 있지 않을까 해서이다.
　그동안 그는 의살을 살핀다.
　십전지투가 전개되는 모습, 그리고 그에 대응하는 모습을 면밀하게 관찰한다.

관찰이라고 해서 단순히 눈으로 보는 것은 아니다.

무총주는 전신 감각을 활짝 열어놓고 계야부와 일심동체(一心同體)가 되어 그를 살핀다.

계야부가 이끄는 마음의 움직임은 고스란히 무총주에게 전달된다.

두 사람은 지금 그런 일을 하고 있다.

하니 계야부를 빼내려고 하는 자, 무총주의 최대 적이 되는 것은 당연하다.

그 누가 되었든 초극에 이른 소허태기를 맞이해야 한다.

"맙소사!"

하위미는 얼굴이 새파랗게 질리고 말았다.

3

산서성(山西省) 청산(靑山).

계야부는 두 번째 고수를 찾아왔다.

'청산궁사(靑山弓師).'

별호로 미루어 상대가 활을 쏜다는 것을 알 수 있다.

그도 목산초자 같은 사람일까? 아니면 정말로 강한 고수일까?

산에 사는 궁사라. 산에서 활로 생활하는 사람이라.

그는 엽사(獵師)를 떠올렸다.

청산궁사라는 별호에 걸맞을 사람이라면 아무리 생각을 거듭해도 엽사밖에 떠오르지 않았다.

"청산궁사가 어디 사는지 아십니까?"

청산 어귀에 있는 객잔에서 물었다.

"청산궁사? 여기가 청산인 건 맞는데 그런 사람은 없는데. 잘못 찾아온 게 아니오?"

예상했던 대답이 돌아왔다.

목산초자처럼 청산궁사도 무총주가 만들어낸 가공의 별호다.

그런 별호로 사람을 찾으려면 청산을 다 뒤져도 찾지 못한다. 청산궁사를 앞에 놓고도 알아보지 못한다.

목산초자를 찾았을 때처럼 직감으로 찾아내야 한다.

파아아앗!

생각의 경계를 넓혔다.

'청산궁사……'

청산의 크고 넓은 산이 한눈에 들어왔다.

저 속 어딘가에 그가 찾는 사람이 있다.

그는 전처럼 무작정 산으로 들어서지 않았다.

'어디 해볼까?'

청산이 환히 보이는 전망 좋은 방에 투숙했다.

아침에 일어나면 가부좌를 틀고 앉아서 산을 쳐다본다.

점심을 들고 난 후에도, 저녁을 먹은 후에도 하루 온종일 산만 쳐다봤다.

파아아앗!

머릿속에 청산의 모습이 그림처럼 그려졌다.

너무 자세히 쳐다봐서인지 눈을 감고 그린 그림과 눈을 뜨고 쳐다본 풍경이 한 치의 틀림도 없었다.

'좋아.'

됐다. 준비가 끝났다.

그는 눈을 감고 고요한 마음으로 청산궁사를 불렀다.

그를 어디서 만나는 게 좋을까? 청산을 쳐다보면 한눈에 탁 들어오는 곳이 있다.

산 정상 밑에 암벽이 있는데 커다란 병풍처럼 생겼다.

벼랑 바위는 크고 특이해서 이름이 붙어 있을 것이다.

그는 이 이름을 모른다. 그래서 자신이 지어냈다.

'벼랑바위, 저곳이 좋겠군.'

그는 청산궁사를 바위 밑으로 불러냈다.

'청산궁사요?'

'그렇네. 누군가?'

'계야부라고 합니다.'

'날 찾아온 건가?'

'절대고수라고 소개한 분이 계시더군요. 병기가 활입니까?'

'후후후! 이 활을 상대할 자신이 있는가?'

'길고 짧은 건 대봐야 알겠지만…… 자신이 있기는 합니다.'

'후후후! 패기가 좋군. 그럼 길고 짧은 걸 대보도록 하지.'

그는 청산궁사와 대화를 나눴다.

하루, 이틀, 사흘…….

청산궁사와 같은 장소에서 만나 같은 대화를 나눴다.

너무 생각을 깊이 한 탓인지 이제는 청산궁사의 얼굴까지 상세하게 그려진다.

그는 가부좌를 틀고 앉아 의살을 폈다.

'일목!'

몸도 없고, 마음도 없다.

아무것도 없는 텅 빈 허공 속에 그의 영혼만 둥실 떠오른다.

그는 그 상태로 벼랑바위를 향해 치달렸다.

순간, 뜻밖의 일이 벌어졌다.

아무것도 보이지 않는다. 벼랑바위도, 청산궁사도……. 너무 자세히 뚫어지게 쳐다봐서 나무 한 그루, 풀잎 한 조각까지 세세하게 보이던 모든 것이 싹 사라졌다.

그는 편안한 심정으로 눈을 떴다.

'됐어.'

일목에서 부른 것이 현실로 나타났다.

일목에서 사라진 것은 더 이상 찾을 수 없다. 그것은 이제 현실에서 찾아야 한다.

그는 일어섰다.

산바람이 매섭게 몰아친다.

눈이 쌓여 있어서 풍광이 매우 아름답지만 그만큼 산길을 거슬러 올라가기는 힘들다.

그는 곧장 벼랑바위를 향해 걸어갔다.

그곳에서 청산궁사를 만날 예정이다.

그가 언제 나타날지, 청산에 그가 있기는 한 것인지 알 수 없다. 자신이 신도 아니고 앞날을 어찌 알겠는가. 하지만 자신이 그를 만날 것이라는 생각에는 한 점의 의심도 없다.

그는 천천히 걸었다.

숨이 가쁘면 앉아서 쉬었다.

모든 일은 자신을 중심으로 돌아간다. 자신이 청산궁사를 만나러 가는 것이 아니라 그가 자신을 만나러 온다. 하니 자신이 서둘 필요는 없다.

목이 마르면 물을 마셨다.

이 산, 이 길, 이 물…… 눈앞에 보이는 모든 것이 자신을 위해 준비된 것이다.

자신이 나무를 보지 않으면 나무는 존재하지 않는다.

바위를 보지 않으면 바위는 없다. 자신의 눈이 청산을 보고 있지만 마음에 살육을 담으면 청산은 사라진다. 이곳은 청산이 아니라 살육장이 된다.

올바르게 보고, 올바르게 인식한다.

'저곳이군.'

그는 벼랑바위로 갔다.

청산궁사는 보이지 않았다. 남자도 여자도, 하다못해 어린 아이조차 없었다.

그래도 그는 자신의 일목을 믿었다.

타타타타타탁!

그의 앞으로 사슴 한 마리가 쏜살같이 지나갔다.

그가 옆에 있어서 깜짝 놀란 듯 멈칫거렸지만 이내 줄달음 질쳤다. 그리고,

쐐엑! 탁!

사슴 뒤로 날카로운 파공음이 날아왔다.

꿰엑!

화살에 뒷머리를 꿰뚫린 사슴은 커다란 비명을 지르며 나뒹 굴었다.

'청산궁사!'

드디어 왔다.

잠시 후, 쓰러진 사슴을 살피러 엽사가 달려나왔다.

청산궁사는 그가 생각한 대로 엽사다.

구 척에 이르는 장신에 멧돼지도 한 손으로 때려잡을 것 같 은 근육질의 사내.

그는 분명히 자신이 일목에서 봤던 청산궁사가 아니다.

그가 사슴을 향해 달려나오다가 조용히 앉아 있는 계야부를 봤다.

“뭐요!”

음성이 청산을 쩌렁 울린다.

확실히 그의 목청도 일목에서 봤던 목청이 아니다.

자신은 조용하고 차분한 사람을 생각했는데, 이자는 광폭하고 저돌적이다.

‘청산궁사요?’

마음속으로 물었다.

청산궁사라는 말은 무총주가 만든 말이기 때문에 사내는 알아듣지 못한다.

사내는 계야부가 대답을 하지 않자 그를 무시하고 획 지나쳤다.

“세상에 별……．”

희한한 잡놈을 다 보겠네.

뒷말이 저절로 상상되었다.

계야부는 일목 상태에서 나눴던 말을 모두 잊었다. 그리고 현실에 맞는 말을 했다.

“활을 잘 쏘시는 것 같습니다.”

“잘 쏘지.”

사내가 사슴의 뿔을 들어 올리더니 화살을 쭉 뽑았다. 그리고 뺑 뚫린 구멍에 입을 대고 피를 쭉쭉 빨아 먹었다.

이런 자에게서 무엇을 배울 것인가.

계야부는 품에서 은자 한 냥을 꺼내 들었다.

“이걸 맞힐 수 있겠습니까?”

사내가 힐끔 돌아봤다. 그러다가 은자를 발견하고는 두 눈이 탐욕으로 물들었다.

"십 장 밖에서 활을 쏘아보시지요."

"흐흐흐! 맞히면."

"가지십시오."

"좋아! 놓고 싶은 데 놔!"

사내가 벌떡 일어섰다.

계야부는 팔을 옆으로 쭉 뻗었다.

"뭐야? 그걸 들고 있겠다고?"

"하니 잘 맞히십시오."

그는 사내에게 도발했다.

활이 겨눠졌다.

사내는 어디를 겨냥하고 있을까? 은자를 겨냥할까? 아니면 은자를 얼마나 더 가지고 있을지 모를 자신의 미간을 겨눌까?

불행히도 나쁜 예감은 들어맞는다.

사내의 활은 자신의 미간을 향했다.

"흐흐흐! 쏴도 좋나?"

"쏘시지요."

스윽!

사내가 활을 길게 잡아당겼다.

한 사람의 목숨쯤 쥐도 새도 모르게 끊을 수 있는 산속이다.

사람 하나 죽였다고 양심의 가책을 받을 사람으로 보이지도 않는다. 아니, 천생을 폭력 속에서 살아온 사람이다.

왜 이런 사람을 도발했을까?

사내가 사슴의 피를 빨아 먹는 순간, 엉덩이를 발로 차고 싶다는 충동을 느꼈다.

그게 전부다.

아주 간단한 충동이었는데, 이기지 못했다.

아니, 사내의 모습이 자신이 생각했던 모습과 너무 달랐던 데서 온 실망이 컸다.

사내는 일목 상태에서 본 청산궁사와 비슷하기라도 했어야 한다. 그랬다면 지금처럼 도발하지 않았을 게다.

사내가 활을 쏜다고 해서 맞을 리는 없다.

사내는 이미 은자를 얻었다고 확신하겠지만 아주 큰 오산이다. 그는 그가 누구를 상대하고 있는지 모른다.

이제 선택은 계야부에게 달렸다.

그는 활을 자신의 미간에 쏘게 할 수 있다. 그건 어렵지 않다. 눈만 사납게 떠도 가능하다. 그런 후, 자신의 미간으로 화살을 날린 청산궁사를 처리해야 한다.

또 다른 길이 있다.

화살 방향을 돌려서 은자만 쏘게 하는 것이다.

그것도 어렵지 않다. 절대 무위를 살짝만 드러내도 사내는 찔끔거릴 것이다.

당연히 미간을 향해 화살을 쏘는 미련한 짓을 할 리가 없다.

‘휴우!’
계야부는 한숨을 내쉬었다.

심마는 지독히도 깊게 파고든다. 또 반대로 살짝 스쳐 지나기도 한다.
그는 죽은 사슴을 앞에 놓고 묵상에 잠겼다.
사내는 결국 그의 미간을 향해 화살을 쏘았다.
아무런 기운을 뿜어내지 않고 선택권을 사내에게 주자, 그는 어김없이 살인을 택했다.
화살을 피하고 그를 돌려보냈다.
이대로 끝난 건 아니다.
이제부터 무총주가 그를 청산궁사에게 보낸 이유를 찾아내야 한다. 겨우 화살 한 대 날려보라고 그를 만나게 한 건 아닐 게다.
그가 방금 무림의 초강자 열 명 중 한 명이라면 그에 맞는 이유를 찾아야 한다.
목산초자에게서는 찾았다.
그는 심마에 빠졌고, 헤쳐 나왔다.
목산초자의 평정심을 깨고 싶었는데 이를 꾹 깨물고 참아냈다. 그리고 나중에는 평정된 마음으로 조용히 쳐다볼 수 있었다.
청산궁사에게서도 그런 일이 있을 것이다.
역시 심마인지 아닌지 모르지만 커다란 교훈이 숨어 있다.

　목산초자를 만난 후, 그는 일목을 더욱 깊게 이끌게 되었다. 심마를 견뎌내고 일목을 펼치자 상상 속의 모습들이 정말로 손에 잡힐 듯 가깝게 다가왔다.
　청산궁사에게서는 뭘 얻을까?

『패군』 22권에 계속…

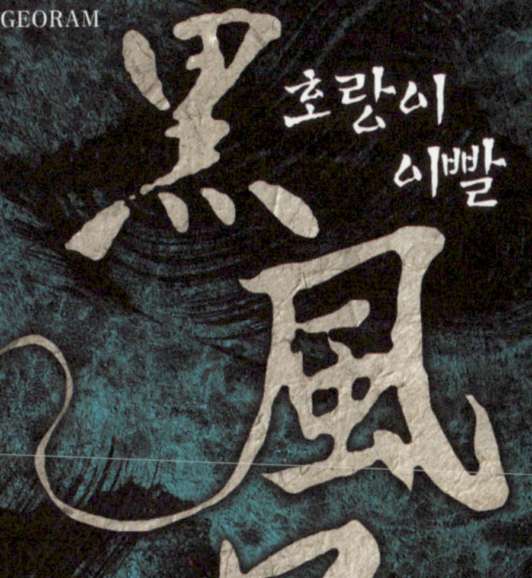

새로운 대륙, 새로운 강호에서
새로운 이야기가 시작된다.
검은 하늘에 빛나는 별처럼 찬란한 영웅들이 있고, 그들의 영혼을 탐내는 어둠이 있다.
그 혼돈의 시대에 태어나 불굴의 기백을 지니고 전장을 치달리던 장수 황보강.
그를 쫓는 〈악몽〉들, 그리고 운명이라는 이름으로 결정지어진 고난.
그것들은 결코 떼어놓을 수 없는 그의 분신이기도 하다.
어느 날 황보강은 선택의 기로에 선다.
운명에 굴복하고 나 또한 〈악몽〉이 될 것이냐 아니면 내 손으로 내 운명을 만들어 나가는
자가 될 것이냐……
전자의 길은 편하고 달콤할 것이며, 후자의 길은 가시밭길이 될 것이다.

〈악몽〉은 언제나 우리 곁에 있는 어둠이다. 우리들의 또 다른 모습이기도 한 것이다.
그래서 우리는 매 순간 황보강과 같은 선택의 기로에 서지 않던가.
그리고 무엇을 택하든 모든 운명은 〈무정하(無情河)〉에서 비로소 끝나리라.

RELOAD

리로드

Book Publishing CHUNGEORAM

이수영 판타지 장편 소설

'Fly me to the moon' 의 작가 이수영!
'리로드Reload' 로 귀환하다!

—빈약한 운명 하나를 쥐어 그 자리에 넣었구려. 허나 그대가 되돌린 인간은 인간이라기엔 너무도 강한 운명을 가진 자요. 그자로 인하여 뒤틀릴 운명들은 어찌하려오?

운명의 여신이 준엄하게 물었다.

—나는 대가를 치렀소. 운명의 여신 베기르 라라여, 동의하시오?

전신(戰神) 카자르 엔더는 하나 남은 혈손을 위해 신력의 반을 희생했지만 그의 투기는 흔들리지 않았다. 그는 현존하는 전쟁의 신이고 대륙에서 가장 크게 숭앙받는 신이었다. 하위 신들과 비슷할 정도로 신력이 감소했어도 그의 영향력은 줄어들지 않았다.

—오만하구려, 카자르 엔더여.

베기르 라라가 냉소했다. 운명의 여신은 평소에는 조용했지만 뒤틀린 시간과 인과에 대해서는 엄격하였다. 그녀가 다스리는 운명의 굴레는 신들조차 벗어날 수 없는 것. 장대를 휘두르는 눈먼 여신을 신들도 두려워했다. 그러나 오만하고 교활한 전신(戰神)은 그녀를 외면하고 항의하는 다른 신들을 향해 미소 지었다.

—누누이 말하지만, 말로만 떠들지 말고 덤벼.

● 낙월소검(落月笑劍) - 달빛은 흐르고 검은 웃는다'
BOOKCUBE에서 절찬 연재 중.

Book Publishing CHUNGEORAM

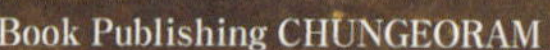

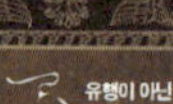
유행이 아닌 자유추구 -
WWW.chungeoram.com

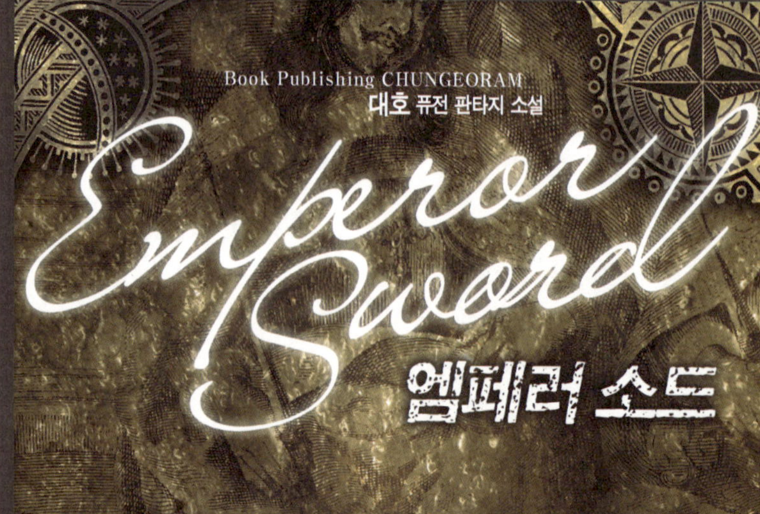

어머니의 강권으로 용병 생활을 끝마치고 돌아왔더니
이번엔 로열 아카데미에 입학?
조용히 학창생활을 영위하려 했더니, 뭐?
부모님은 사라지고 집이 불타?

실종된 부모님을 찾기 위해, 귀족들의 횡포를 처벌하기 위해
오늘도 그의 황금 사자패가 빛을 뿜는다!

"암행어사 출두야!"

테일론 대제국의 유일한 암행 감찰관 레인!
그가 만들어가는 새로운 판타지에 주목하라!